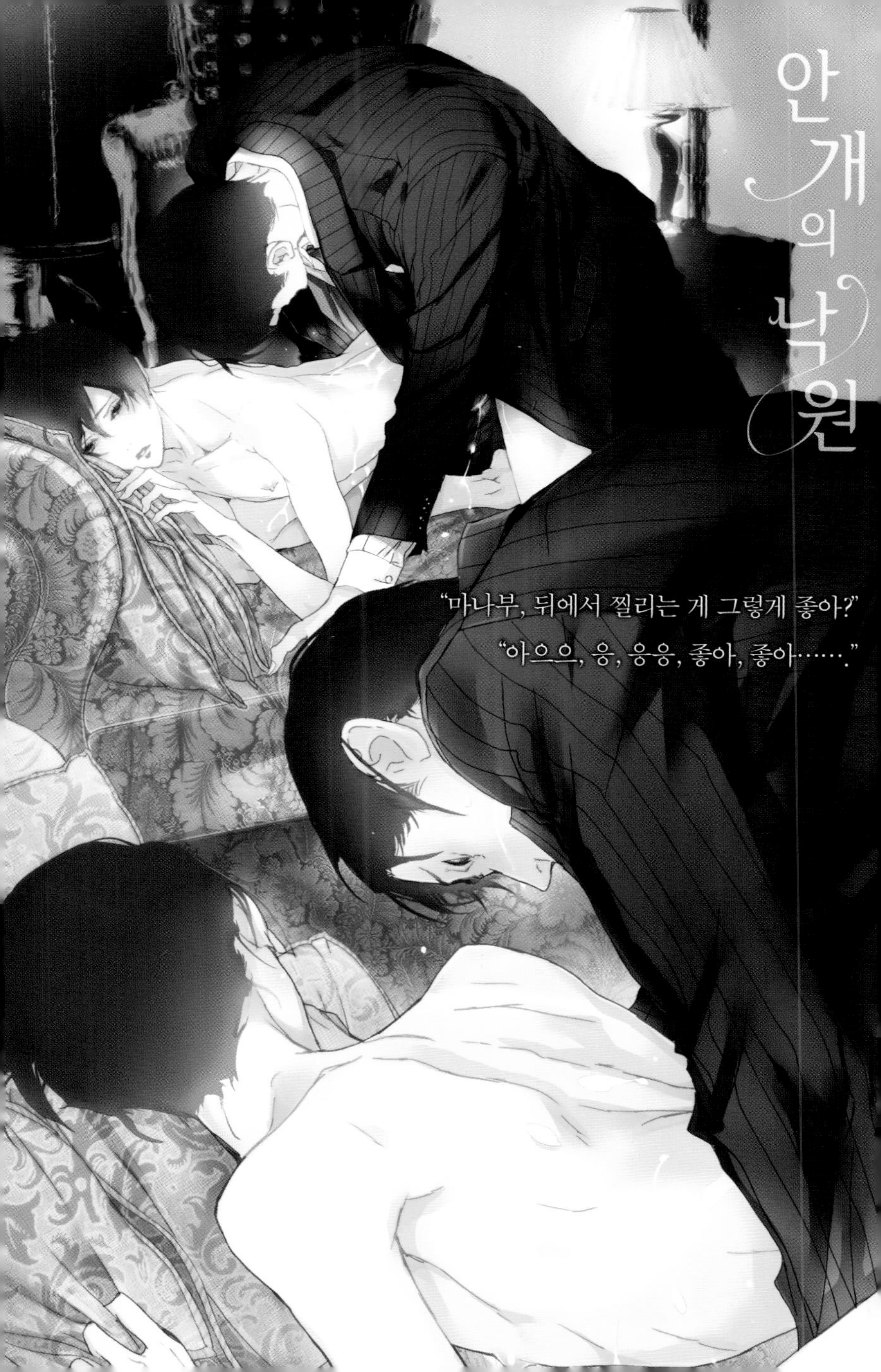
안개의 낙원
"마나부, 뒤에서 찔리는 게 그렇게 좋아?"
"아으으, 응, 응응, 좋아, 좋아……."

안개의 낙원

Bunge Maruki

안개의 낙원

목 차

화보 · 본문 일러스트 카사이 아유미
옮긴이 심이슬

안개의 낙원

타로

아빠는 나를 때린다.

매일매일 아프게 해서 난 항상 운다.

아빠는 무슨 짓을 해도 용서해주지 않기 때문에 나는 그저 고양이처럼 몸을 말고 조용히 있을 수밖에 없다.

나는 눈을 꽉 감고, 귀를 막고, 입을 다물고 꼼짝없이 가만히 있는다.

그렇게 있으면 아빠가 아무리 무서운 얼굴을 해도 보이지 않고, 아빠가 아무리 무서운 목소리로 소리를 질러도 들리지 않고, 아빠를 화나게 하는 내 목소리도 나오지 않는다.

아프고, 무섭고, 괴롭지만, 내가 몸을 둥글게 말고 작아져 있으면 아빠는 금방 때리기를 멈춘다.

아빠는 무섭지만, 아빠는 우리 아빠이기 때문에 저는 착한 아이로 있는답니다.

제가 착한 아이로 있으면 분명히 아빠는 다정해질 거고, 그러면 엄마가 돌아와 줄 거예요.

주인과 하인

하코네 센고쿠하라에 있는 아카이 백작가의 별장은 주위 사람들에게 '연기 나는 저택'이라고 불린다.

지형 특성상 안개가 짙기 때문에 확실히 저택은 하얀 연기가 낀 것처럼 부옇게 보이지만, 안개라 부르지 않고 연기라 부르는 이유는 아카이 가문이 담배 제조로 재산을 축적한 데서 유래한다.

검게 그을린 잿빛 외벽에 둘러싸인 멋진 서양식 저택이지만, 빈번하게 주변을 덮는 짙은 안개 때문인지 저택 안은 축축한 데다 왠지 모르게 들러붙는 듯한 공기가 무겁게 괴어 있었으며, 작게 만들어진 창문 때문인지 항상 어둡고 어딘가 음침한 분위기를 띠고 있었다.

5월의 하늘은 파랗고 맑게 개어 기분 좋게 화창한데도, 이 저택 주위에는 지형 문제 때문인지 여전히 음침한 안개가 자욱했다.

아카이 가문은 원래 고향에 있는 본가에 살고 있었지만, 백작의 몸 상태가 안 좋아져서 요양 겸 하코네에 있는 별장으로 일가가 옮겨 온 지 정확히 15년 정도 됐다. 백작은 노송나무 욕조에 효험이 있다는 온천물을 채우고 밤마다 몸을 담갔다. 그 덕분인지, 곧잘 병에 시달리던 백작의 상태는 하코네로 이사 오고 나서부터 매우 좋아졌다.

미도리카와 마나부는 그 연기 나는 저택에서 아버지 요시오와 함께 시중을 드는 하인이었다.

마나부는 이 저택을 처음부터 별로 좋아하지 않았다. 자욱하게 낀 하얀 연기 속에서 검고 커다란 문이 불쑥 나타났을 땐 무슨 거대한 괴물이 갑자기 나타난 줄 알았다.

저택 부지 내에서 지내게 되고 나서부터도 마나부의 불길하고 불쾌한 기분은 변함이 없었다.

마나부는 꿈을 좇는다고 할까 공상에 빠지는 시간이 많은 '버릇' 같은 게 있었다. 눈에 보이지 않는 존재를 두려워하거나, 남의 소문이나 말을 잘 믿거나, 곧잘 이치보다 감각으로 사물을 파악하는 면이 있었다.

그런 이유로 이 연기 나는 저택의 어딘가 음습한 공기가 마나부를 끊임없이 우울하고 불안하게 만들었으며 마나부에게 이 부지 내 곳곳에 귀신이 숨어 있을 거라는 공상을 품게했다.

마나부의 그런 성격은 그다지 주위에 환영받지 못했으며, 사람들은 마나부를 항상 '바보'라는 둥 '멍청이'라는 둥 그렇게 부르며 어엿한 대접을 해주지 않았다.

"마나부, 이 머저리가. 뭘 꾸물거리고 자빠졌냐. 좀 있으면 유타로 님이 돌아오시잖아."

"죄송해요, 아버지. 바로 할게요."

마나부는 남자이긴 하지만 힘이 약했기 때문에 주로 여자가 하는 자질구레한 일을 맡았다. 지금도 아카이 집안 장남인 유타로의 방에서 한창 꽃병에 꽂힌 꽃을 교체하는 중이었다. 그 모습을 본 아버지가 뒤에서 침을 튀기며 호되게 꾸짖었다.

"정말이지, 이 덜떨어진 놈 같으니. 역시 그 여자의 자식이야. 어쩔 수가 없다니까."

요시오는 자신이 아버지라는 사실은 제쳐 두고, 마나부가 어릴 때 젊은 남자와 눈이 맞아 도망간 마나부의 어머니를 경멸할 뿐 아니라 마나부까지 경멸했다. 상대 남자는 같은 저택에서 일하던 고용인이었다. 요시오는 아무리 시간이 지나도 마치 어제 있었던 일처럼 그 일에 분노하고 욕을 퍼부었으며, 충혈된 눈으로 격분했다.

어머니가 떠난 건 마나부가 아홉 살 때 있었던 일이라 마나부도 물론 어머니에 대한 기억은 남아 있었다. 하지만 아버지가 걸핏하면 마나부를 그 여자와 똑같다며 매도할 때마다 자신이 그렇게나 어머니를 닮은 건지 이상하게 여겼다. 적어도 스스로는 이 얼굴이 어머니와 닮았다고 느낀 적은 없었기 때문이다. 단 마나부는 누군가와 자신의 용모를 비교할 수 있을 만큼 본인의 용모에 관심을 가지고 있지 않았지만.

마나부는 작았다. 어린아이처럼 가녀리고 미덥지 못한 팔다리에, 머리도 작은 데다 신체 모든 곳이 자그맣고, 아무리 봐도 생명력이 부족한 창백한 피부를 지녔으며, 벌써 스물두 살이나 되는데도 10대로밖에 보이지 않았다. 물에서 올라온 양서류처럼 축축이 젖은 피부는 만지면 착 달라붙을 것처럼 이상하리만치 촉촉했다.

아버지인 요시오는 키는 작았지만 몸이 다부졌으며, 가무잡잡한 피부를 가지고 있었다. 또한 소매를 걷어 올린 팔에는 옹두리처럼 부풀어 오른 근육이 붙어있는 등, 남자 그 자체라고 할 수 있는 용모를 지녔지만, 마나부에게는 그런 점을 눈곱만큼도 볼 수 없었다. 요시오가 매일 마나부를 못살게 구는 것도 자신과 너무나도 닮지 않은 이 아이가 피를 나눈 아들이라고 생각하지 못하는 탓도 있을지 모른다. 지금도 오로지 이렇게 마나부를 호되게 꾸짖기 위해서 본인의 일은 제쳐두고 얼굴을 내민 것이다.

요시오는 정원사였다. 2년 전 여름, 몹시 쨍쨍하게 내리 쬐는 햇빛 아래에서 작업을 하던 중에 마나부가 나자빠진 이후로 오히려 바빠지자 마나부에게 정원 일을 가르쳐주지 않게 되었다. 그런데도 마나부가 꽃병에 꽃을 교체하는 데에 시간이 걸리자 "그러고도 정원사 아들이냐!"라며 후려갈겼다.

마나부가 마른 꽃을 정성스럽게 처리하고 있자, 문 쪽에서 엔진 소리가 들려왔다.

"저런, 유타로 님의 자동차 소리다. 어서 서둘러."

요시오는 마나부의 등을 난폭하게 때리며 방을 나갔다. 마나부는 그 충격으로 꽃병을 떨어뜨렸다. 아래는 카펫이었기 때문에 가까스로 깨지지는 않았지만, 꽃이 사방으로 날아가고 물이 쏟아지면서 마나부의 꾀죄죄한 하카마[1]자락까지 적셨다.

황급히 걸레로 물을 닦고 필사적으로 꽃을 주워 모았지만, 이미 유타로가 현관으로 돌아온 기척이 났다. 중간이 뻥 뚫린 건물 구조인 데다 유타로의 목소리가 커서 마나부가 2층 끝에 위치하는 방에 있어도 금방 알 수 있었다.

"유타로 님, 다녀오셨습니까."

하녀들의 목소리가 계단 아래에 울려 퍼졌다. 가죽 구두에서 나는 큰 발소리가 들려오자, 음산하던 저택이 주인을 얻어 활기를 되찾았다.

"마나부, 마나부는 어디 있지?"

유타로는 언제나 귀가하면 가장 먼저 마나부를 찾았다. 마나부는 자신의 이름을 부르는 낮고 또랑또랑한 목소리를 듣고는 뒤엉키는 걸음걸이로 서둘러 복도에 나갔다. 그리고는 난간에서 몸을 내밀고 가는 목소리로 주인의 이름을 불렀다.

"유타로 님."

"오. 내 방에 있었구나."

마나부를 본 순간, 유타로는 파나마 중절모를 벗고 꽃이 핀 것처럼 호쾌하게 웃었다.

1 하카마:일본 전통 의상으로 기모노 위에 착용하는 하의

느긋한 발걸음으로 계단을 올라온 유타로가 2층 복도를 밟자, 마나부에게는 여태까지 별 특별한 것도 없던 이 저택의 풍경이 마치 빛깔을 되찾은 듯 생생하게 빛나기 시작한 것처럼 보였다.

'정말로 태양 같은 사람이야.'

마나부는 그런 생각을 했다.

유타로는 그야말로 이 저택의 제왕이라 할 만한 남자였다. 사람의 위에 서는 자의 풍격을 천부적으로 지니고 있었으며, 언동 하나하나에 자신감이 넘치고 누구든 자신을 따를 것이라 믿어 의심치 않았다.

마나부는 눈이 부신 듯 유타로를 쳐다보았다. 자신과는 전혀 다른 부류의 남자였다.

6척이 넘는 장신인 유타로는 마나부보다 두 살 많은 24살이었다. 그 다부진 몸에는 양장이 잘 어울렸고, 풍속화에라도 그려질 법한 눈매가 시원시원한 미남자였으며, 남녀노소를 불문하고 사람을 사로잡고 마는 신기하고 매력적인 얼굴을 지녔다. 뿐만 아니라 쾌활하고, 잘 웃으며 남을 잘 돌보는 데다 다정하기 때문에 저택에 있는 모두가 유타로를 따랐다. 어렸을 적부터 함께 자란 마나부도 그 중 한 명이었다.

"마나부, 오늘은 뭐 하고 있었어?"

"평소와 다름없었습니다. 아……, 하지만."

"왜 그래? 뭐 저질렀어?"

유타로는 짓궂게 웃었다. 그런 표정조차도 온화해서, 숫기가 없는 마나부도 유타로에게는 무슨 얘기든 해버릴 것 같았다.

유타로는 그곳에 있는 것만으로도 주위를 밝게 만들었다. 두뇌가 명석하고 머리 회전이 빠르며, 사교술에 능한 데다, 승마, 당구, 공수도, 춤, 온갖 것을 거뜬히 해내고, 어디 하나 흠잡을 데 없는 완벽한 남자였다.

술도 잘 마시지만, 마나부의 아버지와는 달리 취해서 난폭하게 구는 일도 없었다. 시종일관 밝고, 결코 사람을 불쾌하게 하는 말은 입에 담지 않으며, 살짝 도가 지나쳐도 "유타로 님이라면 어쩔 수 없지."라며 누구나 싱글벙글 웃게 만들어버리는 인덕이 있었다.

그런 유타로가 총애하는 사람이 바로 마나부라는 건 누구나 다 아는 사실이었다.

유타로는 마나부가 공상에 빠져 멍하니 있어도, 언동이 더디더라도 짜증을 드러내지 않는 유일한 인물이었다. 짜증은커녕 "그게 마나부의 장점이야."라며 모두가 싫어하는 마나부의 성격을 기꺼이 받아들여 주었다.

'이 사람은 어째서 이렇게나 나한테 다정할까?'

철들기 전부터 함께 있어서 서로에 대해 완벽하게 이해하는 사이라고 할지언정, 마나부는 때때로 의문스럽게 여겼다. 그만큼 유타로는 마나부의 모든 것을 긍정해주기 때문이다.

유타로는 친밀하게 마나부의 가녀린 어깨를 안고 자신의 방으로 들어갔다.

그리고 쓰러진 꽃병에 눈길을 주더니 "아, 이거야?" 라고 말하며 킥 웃었다.

"또 성대하게 저질렀구나."

"죄, 죄송합니다. 지금 치우겠습니다……."

"그런 건 내가 해 둘게. 자, 먼저 이것 좀 봐."

유타로가 그렇게 말하며 가방에서 꺼내 내민 것은 동인잡지 '시라카바'의 금월 호였다. 마나부는 저도 모르게 눈을 휘둥그레 떴다.

"이건……."

"마나부가 읽고 싶어 하던 게 생각나서 사 왔어. 너한테 줄게."

"이, 이런 엄청난 걸 받을 수는 없습니다."

"알았어, 알았어. 그럼 그 책은 내 거야. 내가 너한테 빌려줄게. 그러면 됐지?"

마나부는 복잡한 표정을 지었다. 평소에 유타로가 이런 부류의 문학에 흥미를 보이지 않는 건 다들 알고 있는 사실이었고, 마나부가 신분에 어울리지 않게 소설을 탐독하는 취미가 있는 것 역시 주지의 사실이었다. 어떤 이유를 붙인들 유타로가 이것을 마나부를 위해 가지고 왔다는 사실은 분명하다.

그러나 이건 유타로의 호의였다. 이 저택의 상속자가 주는 선물인 것이다. 고작 하인 따위가 필요 없다며 퇴짜 놓을 수는 없었다.

"감사합니다."

그렇게 말하며 유타로가 내민 그 책자를 조심스럽게 받아들자, 그는 연지색 소파에 앉더니 마나부에게 손짓했다.

"마나부. 이쪽으로 와."

그의 말에 따라 옆에 앉자, 유타로는 그 우람한 가슴에 마나부를

끌어당기듯이 팔을 둘렀다. 그 품 안에 쏙 들어간 몸집이 작은 마나부는 마치 어미새의 날개 속에 감싸인 아기 새가 된 것 같은 기분이 들었다.

유타로의 양복 가슴께에서는 항상 상큼하고 좋은 감귤 향이 났다. 오드콜로뉴라는 것일까? 마나부는 그 향기에 한순간 황홀해졌다. 마나부의 주변에서는 여태까지 한 번도 맡아본 적이 없는 향기였다. 아버지의 짐승 같은 체취와도, 여자들의 살짝 달콤새콤한 냄새와도, 정원에 피는 꽃의 향기와도 달랐다.

유타로에게서는 담배와 이 밀감 같은 향기, 그리고 어릴 적부터 코에 익은 유타로 본인의 냄새가 서로 섞여서 마나부의 마음을 편하게 하는 향기가 났다.

"유타로 님……."

"오늘도 또 아버지한테 괴롭힘을 당했어?"

유타로는 마나부에 대해 뭐든지 알고 있었다. 대대로 미도리카와 가문은 아카이 가문을 섬겨 왔으니 부지 내에 사는 고용인의 사정을 모두 파악하고 있는 건 주인으로서 당연한 일이지만 유타로는 어릴 적부터 항상 놀이 상대로 마나부를 원했기 때문에 두 사람은 신분의 차이가 있으면서도 마치 소꿉친구처럼 지내며 자랐다.

그런 까닭에 유타로는 마나부의 가정사 —— 즉, 어머니가 다른 고용인과 사랑의 도피를 한 일이나 엄격한 아버지가 그 이후로 한층 더 마나부에게 엄해져서 평소에 늘 폭력을 휘두르는 일, 마나부의 취미, 취향 등 사소한 것까지 알고 있었다.

"너무 심한 것 같으면 바로 말해. 그 아저씨는 아무리 봐도 너한테 너무 모질게 대해. 친자식인데 너무하단 말이지."

"아니요, 그런 일은……."

"여긴 내 방이야. 우리 말고는 아무도 없어. 그런 서먹한 말투로 말하는 건 이제 그만 해."

"하지만……."

"단둘이 있을 땐 유타로라고 부르라고 말했잖아. 예전처럼."

어렸을 적에 마나부가 아직 신분이라는 것을 잘 이해하지 못했을 때, 친구로서 같이 놀던 두 사람은 서로를 이름으로 불렀고, 그 모습을 수상쩍게 본 요시오에게 호되게 혼날 때까지 마나부는 유타로가 그렇게나 자신과 다른 사람이라는 사실을 몰랐다.

"유타로……."

예전처럼 그렇게 부르자, 마나부는 문득 두 사람이 어린아이로 돌아간 듯한 기분을 느꼈다. 하지만 그건 이곳, 유타로의 방에 있을 때만의 이야기다. 이곳에서 한 발자국 나가면 두 사람의 세계는 크게 격리되고, 대등하게 대화하는 건 허락되지 않는다.

처음에 마나부는 그 점이 이해가 되지 않아 서운하게 느껴졌지만, 지금은 당연한 일로 받아들여졌다.

마나부에게는 원래 강한 자아라는 것이 존재하지 않았다. 주어진 환경을 그대로 납득하고 아무런 의문도 가지지 않을 만큼 순종적인, 혹은 우둔한 청년이었다.

문학을 좋아한다고 하면 적어도 자신의 의견이라는 것을 강경하게 가지고 있을 거라 생각하기 쉽지만, 마나부에게는 그런 생각이 존재하지 않았다. 마나부는 그저 이야기 속의 여러 인물의 삶을 읽는 것을 좋아했다. 예민한 감성도, 섬세한 기질도 겸비하고 있지 않았다. 그저 마나부는 자신이 경험하지 못하는 비일상적인 분위기에 흠뻑 빠지기를 기대하며 소설을 읽었다.

마나부는 아름다운 것을 좋아했다. 온갖 어휘와 호화찬란한 표현으로 그려지는 꿈처럼 화려한 이야기의 무대를 즐겼다. 아름다운 것은 겉모습의 생김새만이 아니라 사람의 마음에서도 보였다. 수많은 거친 파도를 헤쳐 나간 후에 얻는 보석과도 같은 자비로운 마음, 사람을 용서하는 다정함, 사랑을 이야기하는 타오를 것 같은 정열 등, 모든 것이 연기에 휩싸인 마나부의 마음으로는 얻기 힘든 아름다운 것이었다.

책의 세계는 공상에 잘 빠지는 마나부의 성격에 무척이나 잘 어울렸다. 돈이 없기 때문에 책을 한번 손에 넣으면 같은 책을 몇 번이나 읽었다. 다른 쪽으로는 기억력이 나쁜 마나부라도, 무척이나 좋아하는 소설이라면 그 내용을 보지 않고도 말할 수 있을 정도였다. 마나부는 가공의 세계로 도피하는 것을 위안 삼아 어떤 가혹한 현실이라도 받아들일 수 있었다.

그러나 유타로는 마나부와는 달랐다. 자신이 마음 내키지 않는 것은 완강히 내쳤다. 신분 차이라는 사실에 그대로 굴복하지 않았다.

유타로는 마나부에게 이름을 불리길 특히 좋아했다. 마나부가

"유타로."라고 한마디 입에 담기만 해도 무척이나 기쁜 표정을 지었다.

"그래, 마나부. 이럴 때 불러주지 않으면 넌 내 이름을 어떻게 불러야 할지 잊어버릴 것 같단 말이야."

그 말투에 마나부는 저도 모르게 쓴웃음을 지었다.

"무슨 소리를 하는 거야? 잊을 리가 없잖아. 난 태어나서 쭉 너와 함께 지내 왔는걸."

"아아……, 그랬지."

마나부가 태어났을 때 유타로는 고작 두 살이었다. 하지만 막 태어난 갓난아기가 참을 수 없을 만큼 신기했는지, 유타로는 매일 고용인들이 사는 별채에 가서 마나부의 얼굴을 질리지도 않고 쳐다보았다고 한다. 말 그대로 마나부는 태어나서부터 쭉 유타로와 함께였다.

유타로의 어머니는 아들이 고용인의 자식 따위와 어울리는 것을 싫어해서 "네 신분을 똑바로 알거라."라며 늘 유타로에게 설교했지만, 그 말을 들을 유타로가 아니었다. 네겐 더 걸맞은 친구들이 있지 않냐는 말을 몇 번이나 해도 유타로는 마나부가 좋다며 그 행동을 전혀 고치지 않았고, 결국 부모가 꺾였다. 그렇게 그 아이가 마음에 든다면 마음대로 하라는 말에, 유타로를 돌보는 건 오로지 마나부의 역할이 되었다.

"그건 그렇고, 넌 어째서 이렇게 마른 거야? 식사는 제대로 하고 있어?"

"먹고 있어. 그래도 몸에 살이 안 붙어."

"영양실조처럼 보여. 이러면 우리가 고용인에게 제대로 된 음식을 먹이지 않는 것 같잖아. 조만간 어디 맛있는 거라도 먹으러 가자."

"유타로……. 제발 특별 취급은 하지 말아줘……. 난 뭐든지 지금 이대로도 충분히 만족해."

가는 위팔을 움켜쥐거나 허리나 허벅지를 주무르면서 마나부의 몸을 살피던 유타로는 얼굴을 숙인 마나부를 들여다보며 고개를 갸웃했다. 그리고 누구든지 매료시키는 매력적인 표정으로 미소를 지었다.

"마나부는 정말로 욕심이 없구나. 그러면 바싹 야위기만 한다고. 안았을 때 마치 어린아이를 안은 것 같아. 여자도 만졌을 때 좀 더 넉넉했는데."

"날 여자랑 비교하지 마."

"마나부는 여자한테도 관심이 없구나. 다음에 좋은 데 데리고 가줄 수도 있는데."

"놀리지 마."

마나부가 유타로의 팔에서 벗어나려 하자 유타로는 오히려 세게 껴안았다.

유타로의 몸은 뜨거웠다. 따뜻한 봄이 지나고 초여름이 찾아온 지금도 항상 어딘가 차가운 마나부의 피부에 유타로의 열기가 스며드는 것 같아서, 마나부는 그것만으로도 땀을 뻘뻘 흘릴 것 같은 기분을 느꼈다.

유타로의 완력이 너무 센 나머지, 마나부의 약한 몸은 답답함을 호소했다. 이렇게나 몸이 밀착되면 숨을 쉬지 못했다.

"난 그런 건 좋아하지 않아. 알잖아?"

"좋아했던 여자는 없어? 고용인 중에는?"

"없어. 다들 나 같은 건 남자로 보지도 않는다고."

"확실히 마나부는 귀여우니까. 여자들이 봤을 때 질투의 대상일 뿐이지."

"항상 생각하는데……, 유타로의 눈에 내가 어떤 식으로 보이는지 모르겠어."

"몇 번이나 말했잖아? 마나부는 귀여워. 세상에서 제일 귀여워."

유타로는 마나부의 매끈한 뺨을 쓰다듬으며 녹아내릴 듯한 미소를 지었다. 마나부는 그 기척을 파악하고 눈을 감았다. 유타로는 품 안에 있는 마른 몸을 세게 껴안고는 마나부의 살짝 불그스름한 입술을 빨았다.

언제부터 이런 일을 반복해 왔는지는 확실히 기억나지 않는다. 유타로가 마치 연인처럼 마나부를 껴안고 입술을 빨며 달콤한 말을 속삭이게 된 건 마나부가 소학교를 졸업할 즈음이었을까 물론 그 이전부터 두 사람은 도를 넘는 놀이를 즐기긴 했지만.

마나부는 남자끼리 이런 짓을 하는 건 이상할지도 모른다고 느끼면서도, 유타로를 좋아하는 데다 유타로가 하는 행동이라면 무엇이든 허락할 수 있다고 생각했기에 조금도 저항하지 않았다.

게다가 유타로의 커다란 가슴에 안겨 깨지기 쉬운 물건을 다루듯이 살며시 입술을 빨리는 게 싫지는 않았다.

두 사람만의 비밀스런 행위. 마나부는 유타로에게 심취해 있었다. 그렇기에 유타로의 이 일종의 기행도 자신만이 알고 있다고 생각하니 마치 자신이 유타로의 특별한 존재가 된 것 같은 도취감이 가슴 속에 밀려들었다. 그러나 그건 사실 유타로의 변덕일 뿐이며 자신은 그저 그 변덕을 받아주는 하나의 그릇에 지나지 않는다는 생각이 마나부를 한층 기분 좋게 만들었다.

불길한 기운이 감도는 연기 나는 저택, 슬픈 일상, 그런 세계 속에서 유타로는 아름답게 빛나는 마나부의 하나뿐인 태양이었고, 마나부에게는 이 비밀스러운 자비의 한때도 소중한 시간 중 하나였다.

유타로는 아쉬운 듯 입술을 떼고 마나부의 머리를 쓰다듬으면서 미소 지었다. 그 뺨은 홍조를 띠었으며, 눈은 정열에 젖어 붉게 빛나고 있었다. 그리고는 목덜미에 입술을 대고 살갗에 살짝 맺힌 땀을 핥으며 "조금 짜다." 같은 말을 하며 웃었다.

마나부는 조금도 저항하지 않았다. 그가 하는 대로 있었다. 유타로는 인형처럼 고분고분한 마나부의 살갗을 주무르거나 쓰다듬으면서 뜨거운 숨을 휴우 내쉬었다.

"넌 이런 행위를 여자와 해보고 싶어?"

"모르겠어."

"넌 아름다운 것을 좋아한다고 말했잖아. 아름다운 여자가 네 입술을 훑고 싶다고 말하면 기쁘지 않을까?"

마나부는 고개를 끄덕였다. 그런 건 그야말로 소설 속에서만 가능한 일이지만, 만약 아무것도 가지지 않은 이런 자신을 눈이 번쩍 뜨일 만큼 아름다운 사람이 만져준다면 마나부는 거부할 마음 따윈 들지 않을 것이다.

"마나부는 정말로 태연자약하구나."

유타로는 웃었다. 그러나 그 눈동자는 빛을 빨아들일 것 같은 새카만 늪의 색을 띠고 있었다.

"하지만 아무리 아름다운 여자라도 나처럼 네게 여러 가지를 줄 수는 없잖아? 난 네게 무엇이든 해줄 수 있어. 너를 위해 저택을 지을 수도 있고, 그 방을 호화로운 금은보화, 청산호로 가득 채워줄 수도 있어."

"유타로. 난 그런 건 필요 없어."

"알아. 예를 든 거야."

유타로는 목구멍 깊은 곳을 울리며 웃었다. 왠지 그 모습이 유타로의 초조함을 나타내고 있는 것처럼 느껴졌지만 뭘 초조해하는 건지는 마나부도 몰랐다.

"마나부, 부탁이니까 나한테 더 어리광 부리지 않을래? 넌 나의 가장 오래된 친구이자 가족 같은 존재야. 아니, 그보다 더 소중한 존재야."

"유타로……."

예전 같았으면 유타로가 이런 말을 해도 당혹스럽지 않았을 것이다. 유타로가 마나부를 칭찬하거나 자신이 얼마나 마나부를 좋아하는지 끈덕지게 호소하는 일은 드물지 않았기 때문이다. 하지만 지금은 예전과는 상황이 다르다.

어릴 적부터 유타로는 곧잘 남에게 물건을 주고 싶어 하는 경향이 있었다. 유타로 본인은 무언가를 주면 상대가 기뻐해주니 그 기뻐하는 얼굴을 보고 싶기 때문이라고 하지만, 계속 받으면 누리는 쪽은 그에 익숙해지고 말거나 혹은 위화감을 느끼게 된다.

마나부는 지배 계층에 있는 아이의 변덕일 것이라며 조만간 유타로가 자신을 상대하는 데 질릴 것이라 생각했다. 그러나 유타로는 마나부에게서 전혀 멀어지지 않았으며, 그러기는커녕 한층 가까워진 것 같았다.

마나부는 문득 옛날 일을 떠올렸다.

마나부는 고양이를 키우고 있었다. 저택에 잘못 들어온 길고양이였다. 마나부는 아버지가 보면 당장 버리고 오라고 한소리 들을 것을 알았기 때문에 몰래 그 고양이를 키웠다. 하얀 털에 검은 반점이 있는, 아직 작은 새끼 고양이였다.

마나부는 그 고양이에 대해 유타로에게만 털어놓았다. 아무튼 계속 함께 있으니 유타로에게는 아무것도 비밀로 할 수 없었다.

두 사람이 매일 돌보았던 그 새끼 고양이는 어느 날 갑자기 사라졌고, 두 사람은 며칠이나 찾으러 다녔지만 찾지 못했다. 며칠 후, 유타로는 무척이나 슬퍼하는 마나부에게 "좋은 걸 줄게."라고 말하며 다른 새끼 고양이를 주었다.

닮았지만 다른 고양이. 얼룩이라고 이름 짓고 귀여워하던 그 고양이와는 다른 고양이였다.

하지만 유타로는 마나부가 기뻐하리라 의심치 않는 얼굴로 생글생글 웃으며 그 고양이를 내밀었다. 목에는 귀여운 발바닥색 리본을 매고, 털도 윤기가 흘렀으며, 전에 있던 꾀죄죄한 고양이보다도 훨씬 훌륭한 고양이었다.

마나부는 오로지 이 친구를 기쁘게 하기 위해 기뻐했다. 하지만 결국 그 고양이는 마나부를 따르지 않아 저택 안에서 길러졌으며, 지금도 고향에 있는 본가에 있다.

이때 마나부는 자신과 유타로라는 인간의 결정적 차이를 느꼈다.

유타로에게 소중한 존재라는 건 분명히 자신과는 다르다는 사실을.

하지만 그 생각은 마나부에게는 지극히 자연스러운 것이었다. 유타로와 자신은 주인과 하인이며, 다른 부류의 인간이기 때문이다.

마나부는 유타로의 다정함이라는 이름의 거만함을 사랑했다. 그게 아무리 마나부에게는 위화감이 느껴지는 다정함이라 하더라도, 마나부는 아무런 불평 없이 받아들여야만 했다.

그렇기에 본래 대등한 관계여야만 하는 친구라는 말은 자신들에게는 적용되지 않는다. 유타로가 그렇게 부르기 때문에 마나부도 하는 수 없이 받아들였다.

하지만 요즘 들어 그것이 아무래도 바람직하지 않다고 느꼈다.

"난 널 친구라고 불러도 괜찮을까?"

정신을 차려 보니 그런 말을 중얼거리고 있었다.

"우리는 모든 게 너무 다른데……, 공유할 수 있는 것이 있을까?"

"마나부, 갑자기 왜 그래?"

유타로의 목소리가 동요했다.

"당연하지! 우리는 어렸을 때부터 함께 지냈잖아!"

"하지만……, 난 줄곧 받기만 해 왔어. 그게 미안해서 마음이 괴로워……."

유타로의 표정이 약간 험악해지자, 마나부는 자신의 실언을 알아차리고 새파랗게 질렸다. 마나부에게 가장 두려운 것은 항상 다정하게 웃는 주인의 안색이 변하는 것이었다.

그러자 유타로는 마나부의 두려움을 깨닫고 바로 표정을 누그러뜨렸다. 그리고 천천히 타이르듯이 말을 되풀이했다.

"난 네가 무엇보다도 소중해. 마나부."

"그런 말, 하면 안 돼……."

"어째서?"

"다들 널 이상하게 여길 테니까. 고작 고용인일 뿐인 내가 무엇보다도 소중하다니……. 난 너에 대한 나쁜 소문이 나거나 네 평판이 떨어지는 건 싫어."

"난 주변에서 날 어떻게 보든 상관없어."

유타로는 딱 잘라 말했다.

"너와 나는 대등해. 물론 난 부모님께 받은 게 많으니, 그만큼 네게 나눠줄 수도 있어. 그리고 그렇게 하는 건 당연해. 넌 그렇게 생각하고 나한테서 더 착취해도 돼."

"넌 이미 충분히 나에게 많은 것을 주고 있어……."

유타로가 품은 친애의 정은 때때로 마나부를 괴롭게 했다. 마나부는 다른 친구가 없었서 잘은 모르지만, 이렇게나 일방적으로 응석을 받아주고, 계속해서 뭔가를 주는 사이를 우정이라고 하는 걸까?

유타로가 아무리 자신들이 대등하다고 한들 이 신분 차이는 사라지지 않는다. 유타로는 자신 외에도 많은 친구가 있는 데다 마나부보다도 훨씬 걸맞은 사람들이 있을 텐데도 어째선지 마나부에게만 매달렸다.

'유타로는 예전부터 쭉 변함없이 다정해. 하지만 그게 날 괴롭게 해…….'

신분에 차이가 있는 두 사람의 친밀한 우정이 유타로에게 있어서는 아무것도 아닐지도 모르지만, 마나부에게는 어지간히 힘든 상황을 불러왔다. 고용인들은 시샘하는 눈초리로 쳐다보았고, 아버지에게는 분수도 모르는 놈이라며 맞았다.

마나부는 눈치 빠른 유타로가 이런 일도 알아채지 못하는 사실에 당혹스러워하면서도 그 점을 호소하면서 부디 남 앞에서는 주인과 하인 입장을 무너뜨리지 말아달라고 신신당부했다. 그랬더니, 그 이후로는 이렇게 단둘이 있을 때만 마나부를 애지중지 대하게 되었다.

하지만 마나부는 그럼에도 분명한 유타로의 태도 때문에 이러니 저러니 몸을 둘 곳이 없는 기분을 느끼게 됐다. 주위의 고용인들뿐만이 아니라 유타로와 가까운 사람들에게서도 이따금 비난의 눈초리를 받았기 때문이다.

"난 마나부와 있으면 안심이 돼."

유타로는 마나부를 끌어안았다. 그러면서 그 가는 손가락을 가지고 놀며 중얼거렸다.

"난 저택에서는 '유타로 님'이고, 회사에 나가면 차기 사장이야. 친구들은 다들 각자 직함이 붙어서 기탄없이 어울릴 수 있는 녀석이 없어. 아직 아무 이름도 붙여지지 않았던 나를 어릴 적부터 알고 있는 친구는 너뿐이야."

"유타로……."

"게다가 마나부는 내 여러 가지 얼굴도 알고 있잖아? 마나부만이 아는 얼굴을 말이야."

마나부는 고개를 끄덕였다. 무엇을 가리키며 여러 얼굴이라고 하는지는 모르겠지만, 두 사람 사이에 알려지면 안 되는 일은 몇 개나 더 있었다

그건 아마 소년들이 친구끼리 저지르는 보편적인 비밀일 것이다. 저속한 그림책을 보며 흥분하거나, 하녀가 옷 갈아입는 모습을 엿보거나, 백작의 비장품인 술을 몰래 마셔보기도 했고 유타로의 방에서 둘이 몰래 자위에 빠지기도 했다. 애당초 마나부는 그쪽으로는 발달도 더딘 데다 욕망도 적은 체질이었기 때문에 오로지 유

타로의 욕구에 맞춰 그런 일을 도왔을 뿐이지만.

“여러 놀이를 했지. 난 개 흉내 내면서 노는 게 재미있었어.”

“난……, 그건 별로 좋아하지 않았어.”

“왜? 도둑 놀이나 전쟁놀이를 좋아했어?”

“내가 개나 도둑이 되는 건 괜찮아. 하지만 유타로에게는 그런 역할을 하게 만들고 싶지 않았어.”

“그게 뭐야. 고작 놀이인데 그런 생각을 했던 거야?”

유타로는 이상하다는 듯 쾌활하게 웃었다. 마나부는 그 놀이를 떠올리고는, 뺨을 살짝 붉히며 고개를 숙였다.

도둑 놀이나 전쟁놀이는 다들 하는 놀이라서 그나마 괜찮았다. 개 흉내 내기 놀이는 처음에는 백작이 키우던 개와 개 흉내를 내면서 장난치는 정도였지만, 얼마 안 있어 유타로와 마나부 둘이서 개 흉내를 내며 놀게 되었다.

자신이 개일 때는 괜찮았다. 유타로라는 훌륭한 주인의 말을 듣고 잘하면 상으로 먹이를 받거나, 그가 쓰다듬어 주거나, 그의 발밑에 웅크릴 때는 정말로 이대로 자신이 유타로의 개가 되길 바랄 정도였다.

하지만 유타로가 개 역할을 하면 마나부는 금세 곤란해지고 말았다. 유타로에게 명령이나 교육 같은 걸 할 수 없는 데다, 그보다 높은 위치에서 말을 하기도 어려웠다. “주인이 그러면 금방 버릇 나쁜 개가 되고 만다고.”라면서 유타로는 마나부를 넘어뜨리고는 온몸을 핥고 물었다. 햇살의 냄새가 나는 유타로 밑에 깔린 채 그가 코끝과 뺨을 물고 입을 핥으며, 마지막에는 기모노 가랑이 밑으로 들어와서 부끄러운 부분을 만지작거리면 마나부는 잠시도 버티질 못했다. "그만해."라고 애원해도 "교육을 안 한 주인이 나쁜 거야." 라면서 결국 유타로가 하고 싶은 대로 했다.

마나부의 첫 사정은 유타로의 손에 의해 이루어졌다. 유타로는 단둘이 있으면 마나부를 만지고 싶어 했다. 입술을 빨고, 서로 만지고 핥으며 ── 해선 안 되는 행동이라는 건 알고 있어도, 그런 행동을 할 때에 유타로는 다른 데서는 보이지 않는 애달픈 표정으로 마나부, 마나부, 하며 매달렸고 그런 유타로를 보고 있으면 마나부의 머리는 뜨거운 물에 잠긴 것처럼 흠뻑 젖어 끓어오르는 바람에 저항하지 못했다.

그런 식으로 둘이서 서로 장난치며 유년 시절을 보냈고, 어른 티가 나기 시작하자 그런 놀이는 그만두었다. 유타로의 상대가 여자가 된 것이다. 마나부는 어렴풋이 자신들이 했던 행위는 남녀가 하는 행동을 흉내 냈던 걸지도 모른다고 깨달았다.

하지만 지금도 유타로는 마나부를 만지기를 좋아했다. 어릴 적처럼은 하지 않기는 해도 입술을 빠는 행위도 그만두지 않았으며, 껴안거나 쓰다듬는 행위 또한 그만두지 않았다.

마나부의 몸이 아직도 작고 어린아이의 흔적이 남아 있는 데다 발육이 좋지 않은 점이 원인일지도 모른다. 만약 마나부가 이 키에 훌륭하고 건장한, 예를 들면 아버지 요시오 같은 체격으로 컸다면 분명히 현재 상황은 달라졌을 것이다.

"오라버니."

낭랑하고 영리한 목소리가 났다. 어느새 열려 있던 방문 앞에 선명한 비취색에 형형색색의 여름 풀이 그려진 기모노를 입은 인형 같은 소녀가 서 있었다.

소녀의 찌를듯한 시선은 마치 아이처럼 유타로의 커다란 몸에 안긴 마나부에게 향했다. 마나부는 움찔하며 유타로의 품 안에서 몸이 굳어 비키려 했지만, 다부진 팔이 허락하지 않았다.

"이봐, 아오이, 노크 정도는 하지 않겠어?"

"했답니다. 그저 오라버니가 뭔가에 열중해서 알아차리지 못하신 것 아닌가요?"

아오이는 전혀 웃지도 않고 똑 부러져 보이는 미모를 굳힌 채 두 사람을 바라보고 있었다. 그 표정에는 혐오의 기색이 숨김없이 드러나 있는 나머지, 마나부는 창피함에 숨이 끊어질 듯한 기분을 느꼈다.

아오이는 유타로의 여동생이다. 올해 16살이 되는 아오이는 내년에 자산가인 후작 가문에 시집을 가는 것이 정해져 있었다.

넉 자 일곱 치가 좀 못 되는 작은 몸이지만 가녀린 느낌이 들지 않는 건 그 의연한 태도와 자신의 아름다움을 아는 자신감 때문일 것이다.

영리하게 빛나는 커다란 눈동자는 그녀의 이지적인 면모를 나타냈으며, 남자를 굴복하게 만들 것 같은 청아한 기품은 만져서는 안 될 날카롭고 아름다운 한 자루의 칼을 연상케 했다.

오빠인 유타로와는 달리 좀처럼 웃지 않는 그 차가운 표정은 마나부와 같은 미천한 신분인 사람에게는 두려움을 품게 할 만큼 충분한 위압감을 지니고 있었다. 그녀는 그야말로 이 저택에 군림하는 작은 여왕 같은 풍격을 지니고 있었다.

하지만 그래도 마나부는 아오이를 좋아했다. 아름답기 때문이다. 유타로처럼 모든 것을 감싸안는 듯한 따뜻함과는 정반대인, 얼어붙을 것 같은 지배 계층의 아름다움이었지만, 마나부는 아오이에게라면 아무리 괴롭힘을 당해도 괜찮다고 생각할 정도로 그 권력 특유의 아름다움을 숭배했다. 그건 마조히즘적 동경이라 해도 좋았다.

'아까 유타로는 나에게 아름다운 여자가 입술을 빨고 싶다고 하면 어떻게 할 거냐고 물었지만…….'

마나부가 그때 떠올린 사람은 아오이였다.

그러나 그녀의 차가운 입술이 자신에게 닿은 순간, 분명히 자신은 얼어붙어 죽고 말 것이라는 생각이 막연하게 들었다. 마나부는 자신이 여자에게 사랑받을 거라고는 상상조차도 한 적이 없기 때문이다.

아오이노우에. 마나부는 마음속으로 아오이를 그렇게 부르고 있었다. 겐지 이야기에 등장하는 긍지 높은 귀부인의 이름이다. 마나부에게 아오이는 그야말로 그 아오이노우에와 마찬가지로 고상하고 긍지 높은 여성처럼 여겨졌다.

아오이는 마나부를 보는 것도 싫다고 말하듯 새초롬하게 턱을 들고 시선을 오라버니에게 던지더니, 살짝 응석 부리는 목소리로 불만을 입에 담았다.

"오라버니도 참, 금방 잊어버리시긴. 오늘은 저랑 같이 물건을 사러 가주신다고 약속하셨잖아요."

"아아. 그랬지."

"잡화점에 가고 싶어요. 프랑스에서 건너온 브로치가 슬슬 들어왔을 거예요. 오라버니께서 제게 어울리는 것을 골라주셨으면 좋겠어요."

유타로가 겨우 마나부를 풀어주고 일어서자, 아오이는 재빠르게 다가오더니 재촉하듯 오라버니의 손을 끌어당겼다.

"오라버니는 어째서 이 사람만 상대하시나요? 항상 마나부, 마나부, 찾기만 하시고. 다른 친구분도 많이 계시잖아요?"

"마나부는 특별해."

"고용인인데, 이상해요."

"마나부는 단순한 고용인이 아니야. 줄곧 함께 있었으니까……. 자, 공주님, 기분 풀어. 오늘은 네가 좋아하는 걸 사줄 테니까."

유타로는 쓴웃음을 지으면서 여동생의 손에 이끌려 방을 나가며 돌아서 마나부에게 쓰디쓴 웃음을 보였다. 그리고는 미안하다고 눈빛으로 사과했다.

남겨진 마나부는 멍하니 방에 혼자 우두커니 서 있다가 퍼뜩 정신을 차리고 떨어진 꽃병 뒤처리를 다시 시작했다.

유타로의 기척이 사라지자 또다시 이 저택은 생기를 잃고 어두워지더니, 밤의 장막이 확 쳐진 것처럼 음침한 공기가 낮게 깔렸다. 마나부는 혼자서 몸을 파르르 떨었다.

마나부는 아오이의 태도를 부당하다고 생각하지 않았다. 오히려 그녀의 반응이 일반적이라고 생각했다.

사실 마나부는 요새 갑자기 심해진 것처럼 느껴지는 유타로의 태도를 힘들어하고 있었다.

'대체 유타로는 내 어떤 점이 재미있어서 이런 식으로 날 상대하는 걸까?'

천진난만하게 놀던 어릴 적과는 다르다. 이야깃거리 또한 제국대학교를 나와 매일 아버지 밑에서 경영을 공부하고 있는 유타로와 고작 소학교를 졸업하여 하인으로서 일만 해 온 자신은 시점이 전혀 다를 터. 그 소학교조차 고용인에게 학문 따윈 필요 없다고 하는 아버지의 반대로 사실은 가지 못 할 뻔했으나, 백작의 중재로 다닐 수 있었다.

유타로는 그저 마나부의 이야기를 듣고 싶어 했다. 오늘은 어떤 식으로 지냈는지, 어떤 책을 읽었는지, 마나부는 그걸 어떻게 느꼈는지 —— 자신의 일이 아니라 마나부에 대해서만 물었고, 아무리 사소한 일이라도 알고 싶어 했다.

또한 아까처럼 마치 어린아이를 달래듯이 품 안에 안거나 머리를 쓰다듬거나 손을 잡거나 살을 핥는 것 같은 행동도 최근 들어 빈번해졌다. 마나부가 아무리 그래도 이 상황은 이상한 것 같다고 생각하게 된 것도 아주 최근 일이다.

어렸을 적부터 두 사람 사이에서 당연했던 접촉이었던 데다 지금도 싫진 않지만, 역시 뭔가 이상하다는 생각이 들었다. 유타로가 다른 친구들에게도 같은 행동을 하는가 하면, 그것도 아니다. 가끔 저택으로 찾아오는 대학 시절이나 사교계 친구들과는 악수를 하거나 서로 장난치며 어깨를 치는 일은 있어도, 마나부에게 하는 것처럼 끌어안거나 다정하게 만지거나 하지 않았으며, 물론 입술을 빠는 일은 당연하지만 여태까지 한 번도 본 적이 없다.

성의 경계선이 애매했던 어릴 적과는 상황이 다른데도, 어째서 유타로는 아직도 그런 행동을 그만두려 하지 않는 걸까?

'유타로가 좀 특이한 건 어제오늘 일이 아니지만.'

마나부를 만질 때, 유타로의 눈에는 뭔가에 씐 듯한 일종의 이상한 흥분에 휩싸였다. 마치 마나부를 통해 참으로 보기 드문 보물을 보는 듯한 빛이 눈에 어려있었다.

모든 것이 완벽한 유타로에게 한 가지 결점이 있다고 한다면, 그건 마나부였다. 마나부라는 보잘것없고 말라빠진 하인을 오랫동안 곁에서 놓지 않고, 끝내는 여자에게 하는 듯한 접촉을 하고 싶어 하는 기벽이 아카이 유타로라는 남자의 오점이었다.

"있죠, 유타로 님은 왜 그 아이를 좋아하실까요?"

마나부가 유타로의 방 청소를 끝내고 복도로 나가자, 계단 아래에서 그런 목소리가 들려왔다.

마나부는 자신의 이야기를 하고 있음을 깨닫고 저도 모르게 기둥 뒤로 숨었다. 고참 하녀인 테루코에게 묻고 있던 사람은 아무래도 최근에 들어온 젊은 하녀인 듯했다.

"항상 돌아오자마자 마나부, 마나부, 하고 찾으시잖아요. 좀 이상하지 않아요?"

"마나부는 유타로 님과 나이가 비슷해. 어릴 적부터 자주 놀던 사이였어. 소꿉친구라는 거지."

"네? 나이가 비슷하다고요? 그럼 그 아이는 스무 살이 넘었단 말이에요?"

"진작 넘었어. 유타로 님보다 두 살 아래야."

"믿기지 않아. 10대 중반쯤이라고 생각했는데."

"뭐, 그렇겠지. 유타로 님은 훌륭한 골격을 가지고 계신 분이니, 한층 더 차이가 나 보일 거야."

몸을 숨긴 채로 이야기를 듣던 마나부는 창피함에 얼굴을 붉혔다.

확실히 유타로와 마나부는 어른과 아이 정도의 차이가 있었다. 유타로의 팔에 안겨 있는 동안에 '만약 아버지가 다정한 사람이었다면 이런 식으로 자신을 안아줬을까?' 하고 생각한 적도 있었다.

"소꿉친구였구나. 난 틀림없이 두 사람이 그렇고 그런 사이인 줄……."

"이봐, 그만해. 마나부라면 몰라도, 유타로 님을 그런 식으로 말하지 마."

"아니, 제가 전에 일하던 저택에서는 주인 중에 그런 사람이 있었단 말이에요. 전혀 드문 일이 아닌걸요."

“하나 충고하는데. 그 이야기는 이제 입에 담지 않는 게 좋을 거야.”

“어머, 어째서요?”

“그런 일에 너무 관여하면 말이지, 넌 여기서 나가야만 될 거야. 백작님께 쫓겨나기 싫으면 유타로 님에 관한 이야기는 그만해.”

충고를 한 테루코는 서둘러 어디론가 가버린 듯했고 이야기를 더 하고 싶었던 것 같던 젊은 여자도 이윽고 불만스러워하며 다시 일하러 갔다.

마나부는 달아오른 뺨이 좀처럼 진정되지 않는 탓에 나갈 수가 없었다.

‘사람들이 그런 식으로 말할 거라고는 생각했지만…….’

고용인이 몇 명이나 있는 저택이다. 누가 누구와 빼도 박도 못하는 관계라는 둥, 누구누구는 바람기가 있어서 거의 모든 남자와 육체관계를 맺었다는 둥, 그런 소문은 많이 있었다.

하지만 그러고 보니 유타로에 관한 소문은 거의 들은 적이 없는 것 같다. 그건 조금 전에 하녀가 말했듯이 그런 이야기를 언급하고 다니는 고용인은 바로 해고되기 때문일까?

‘그래도 유타로는 사소한 일에는 별로 신경 쓰지 않는 성격인 데다, 단순한 소문 따위엔 일일이 꼬투리를 잡을 거라 생각하진 않아.’

부친인 요시오에게도 딱 한 번 “야, 네놈, 설마 유타로 님께 몸을 팔고 있는 건 아니겠지?” 같은 질문을 당한 적이 있다. 그러나 마나부가 부정하자 그 이후로 그 이상은 말하지 않았다. 원래 아들에게는 그다지 관심이 없는 아버지였다. 그러나 요시오는 마나부가 자신의 마음에 들지 않는 행동을 하고 있으면 바로 손이 나가는 남자였다.

오늘 유타로는 아오이와 함께 물건을 사러 가는 것 같지만, 그들이 돌아올 무렵 마나부는 평소처럼 또 술에 취한 아버지에게 꾸짖음을 당하며 맞고 있을 것이다. 아버지가 극심한 폭력을 휘두르는 건 매일 있는 일은 아니긴 하지만 너무나도 빈번했기에, 마나부는 이미 아버지의 행동을 고통으로 여기지 않게 되었다.

정확히 말하면, 기억이 없어지고 마는 것이다. 언제부터 그랬는지는 잊어버렸지만, 마나부는 요시오에게 공격을 당할 때 아무래도 마음의 눈을 닫고 귀를 막는 습관이 생긴 듯했다. 정신을 차려 보면 아침이었고, 밤에 무슨 일이 일어났는지 기억이 나지 않는 경우가 간혹 있었다. 몸에 멍은 생겼지만, 그때의 상황을 기억하지 못했다.

처음에는 주위의 고용인들도 아버지의 폭력에 휘둘리는 마나부를 보다 못해 아버지를 타일렀다. 하지만 점차 마나부가 아무렇지도 않은 얼굴로 지내게 되자 어딘가 기분 나쁜 듯한 표정을 지으며 멀찌감치 바라보게 되었다.

지금 마나부의 처지를 불쌍히 여기는 사람은 유타로뿐이었다. 요시오는 교활하게도 평소에 잘 보이는 곳은 때리지 않았지만, 어쩌다가 유타로가 마나부의 살에 파란 멍이 생긴 것을 보면 곧바로 아버지인 요시오에게 쓴소리를 했다. 그러나 유타로는 너무 참견을 하면 역효과가 난다는 것도 알고 있기 때문에 매일 마나부의 상황을 묻고, 에둘러 마나부를 감싸면서 마나부의 주변에 신경을 써왔다.

그건 감사할 일이지만, 아무래도 지나치다고 생각되는 건 마나부가 유타로의 친절에 완전히 익숙해져 버렸기 때문일까?

“마나부, 이 자식. 너, 또 이런 아무짝에도 쓸모없는 것만 읽고 있냐?”

하루를 마치고 방에서 유타로한테서 받은 시라카바를 읽고 있자, 예상대로 요시오가 트집을 잡기 시작했다.

그들이 기거하는 곳은 때가 찌들어 거무스름해진 벽으로 둘러쌓인 작은 방이었다. 주인들이 사는 건물에 가려지도록 부지 내에 지어진 고용인들의 집은 칸을 막아 살도록 되어있었고 2평 남짓 되는 방이 다섯 개 정도 줄지어 있었으며, 공용 목욕탕과 화장실이 있는 건물은 따로 있었다. 고향에 있는 본가에서는 고용인들도 크고 넓은 저택에서 살았지만, 하코네 별장은 조금 작기 때문에 고용인들이 살 곳은 주인집과는 별도로 지어졌다.

마나부와 요시오 부자는 한 방에서 함께 생활했다. 그곳은 옆방에서 나는 소리가 그대로 다 들렸기 때문에 요시오가 호통을 치면 건물에 있는 모든 고용인에게 들리지만 다들 익숙해져서 아무 말도 하지 않았다.

이 건물은 목소리만이 아니라 냄새도 전해져 온다. 작년까지 이 건물에는 병을 얻어 앓아누운 늙은 고용인이 있었다. 아내가 바지런하게 보살폈는데, 병자의 똥오줌 냄새가 건물 전체에 가득 차자 모두가 불평을 늘어놓으면서도 어떻게 할 수가 없었다. 또한 병자가 죽은 건 한여름이었는데, 화장을 하기 전에 몸이 썩어서 건물 전체에 시체 냄새가 들러붙어 버리는 바람에 한동안 없어지질 않았다.

마나부는 지금도 문득 그 시체 냄새를 맡을 때가 있었다. 늘 아버지가 폭력을 휘두르기 전후였다. 아마 자신도 이 추하고 그을은 회색 방에서 그 노인처럼 죽어서 썩어버릴 거라 생각하기 때문일지도 모른다.

그건 엉뚱한 망상이 아니었다. 마나부는 언젠가 반드시 아버지의 손에 의해 자신이 죽는 날이 올 것이라 생각하고 있었다.

"네놈, 이 어마어마한 책을 어디서 가지고 왔냐!"

"유타로 님께서 빌려주셨어요."

"유타로 님께서 읽으시는 건 상관없지만, 네놈이 읽어도 아무 의미 없는 책일 텐데."

요시오는 싸구려 술을 찻종에 따라 벌컥벌컥 마시면서 벌겋게 흐려진 눈으로 마나부를 노려보았다.

"그걸 쓴 사람들은 가쿠슈인인지 어디 출신인 도련님들이잖아? 개성이 뭐라느니, 자아가 뭐라느니, 그런 고상한 내용을 부자들이 도락 삼아 쓴 것 아니냐? 그런 건 네놈한테는 필요 없어. 글자를 읽고 쓰는 것도 필요 없어. 땀을 뻘뻘 흘리면서 백작님을 위해 일하기만 하면 된다고."

마나부는 그 말이 맞다고 생각했다. 그저, 아버지가 지친 하루를 끝내고 위안 삼아 술을 즐기듯이 자신도 그저 가공의 이야기를 읽고 그에 몰두하여 그날그날의 피로를 잊고 싶을 뿐이다. 결코 그곳에 그려진 정신을 존경하고 싶다거나 철학을 논하고 싶다고는 조금도 생각하지 않았다.

남녀의 연애 이야기나 애틋한 애정 표현, 사람으로 태어난 업, 아름답고 서정적인 세계. 마나부는 그렇게 자신과는 먼 곳에 있는 것을 접하고는 자신에게 무엇이 부족한지를 절절하게 느꼈다.

마나부는 자신이 감정 기복이 없다는 점을 자각하고 있었다. 아니, 마음속에서 희로애락을 생생하게 느껴도 그 감정을 얼굴로 드러내는 방법을 몰랐다. 이 연기 나는 저택처럼 하얗고 짙은 안개에 감싸여 종잡을 수 없는 표정밖에 드러내지 못했다. 하지만 그곳에는 확실히 마음이 존재하고 있었다.

그 사실을 알아주는 사람은 아마도 소꿉친구인 유타로뿐일 것이다.

"유타로 님도 유타로님이야. 왜 네놈한테 그런 걸 빌려주시는 거야?"

"유타로 님은 다정하셔서……, 제가 책을 좋아한다는 점을 기억해주고 계신 거겠죠."

"흥. 아무리 어렸을 때부터 함께 지내 온 사이라고 해도, 유타로 님은 무르시단 말이지. 책 같은 걸 좋아하다니, 그러니까 넌 항상 멍해서 어디에도 써먹을 수 없는 거야. 정말이지, 네놈은 덜떨어졌어. 정말 덜떨어진 놈이야."

요시오는 '덜떨어진 놈'이라는 말을 좋아해서 자주 썼다. 항상 마나부에 대해 그렇게 말하면서 점차 흥분하기 시작했다.

'아버지는 이 세상의 모든 것을 증오하고 있는 거야.'

마나부는 그렇게 생각하고는 아버지를 불쌍하게 여겼다. 요시오는 무엇이든 재미없다, 같잖다며 투덜거리기만 했다.

모든 것이 자신을 얕보고 있다고 생각하는 걸까? 남자다운 몸과 정신을 가진 요시오는 자신이 우위에 서지 못하는 모든 것을 증오했으며, 그 감정을 자신이 우위에 설 수 있는 사람 —— 마나부에게 쏟아냈다.

보잘것없는 정원사. 아내를 빼앗긴 남자. 덜떨어진 아들. 그 모든 것이 요시오의 신경을 자극하고, 히스테릭하게 만들었다.

"그 눈은 뭐야? 네놈은 아비를 바보로 아는 거냐?"

"그런 적 없어요."

"내가 글도 못 읽고 내 이름도 만족스럽게 쓰지 못해서 바보로 아는 거잖아, 이 자식아!"

요시오는 밥상을 뒤집어엎더니, 방구석에 몸을 웅크린 마나부에게 다가갔다.

아아, 오늘 밤에도 조금 심한 멍이 들지 모르겠다. 마나부는 아버지가 휘두르는 주먹을 바라보면서 체념과도 비슷한 기분을 느끼며 마음을 닫았다.

'하지만 내일이 되면 분명히 유타로가 또 나를 위로해줄 거야……. 유타로가 있으면 아무것도 힘들지 않아.'

마나부 자신도 알고 있었다.

유타로의 지나친 친애를 약간 무거운 짐이라고 생각하면서도 무엇보다도 필요로 하고 있는 사람은 자기 자신임을.

이 잿빛 나날을 밝혀주는 태양 같은 유타로가 없었다면, 마나부는 아주 오랜 옛날에 어떻게 되고 말았을지도 모른다.

자신은 유타로가 있기 때문에 살아갈 수 있는 것이다.

마나부는 유타로의 따뜻한 손의 감촉을, 부드러운 입술을 떠올리면서 눈을 감았다. 가슴에는 유타로가 준 시라카바를 소중하게 껴안고 있었다.

이것으로 그날 밤의 기억은 연기에 휩싸여 보이지 않게 될 것이다. 마치 안개에 휩싸인 이 저택처럼.

'아아, 그러고 보니…….'

마나부는 희미해져 가는 의식 속에서 문득 어떤 생각에 다다랐다.

마나부가 아직도 이 저택을 불길하고 무섭다고 생각하는 이유는 어쩌면 어머니가 없어진 계기가 이곳이었기 때문일지도 모른다.

고향 본가에 있었다면 상대 남자와 만날 일도 없었다. 또한 어머니가 그 남자와 사랑에 빠지지 않았더라면, 아버지나 자신을 버리지 않았더라면 자신이 이런 꼴을 당할 일도 없었다.

모두 이 연기 나는 저택에 온 이후로 시작됐던 것이다.

마나부의 기억 곳곳이 안개에 덮여 가려지듯 얼룩덜룩해지고 만 것도 이곳으로 옮겨 오고 나서부터였다.

'이 저택에 있으면 또 좋지 않은 일이 일어날 것 같은 기분이 들어.'

항상 공상에 빠져 있는 마나부는 막연하게 그런 불안을 품고 있었다.

이곳은 견고한 검은 벽으로 에워싸여 있었다. 안개에 덮여 외부에서 쉽게 침입할 수는 없었다. 하지만 그건 이곳에서 벗어날 수 없다는 것과 같은 뜻이었다.

그리고 마나부는 오늘 밤에도 시체 썩는 냄새를 맡을 것이다.

키쿠코

유타로의 목소리는 언제나 나를 차분하게 해준다.

유타로의 손이 나를 만지고, 그 입술이 나에게 입을 맞췄을 때, 나는 모든 것을 용서받은 듯한 기분이 들며 눈물을 흘리고 만다.

내가 정말 좋아하는 유타로에게 사실은 즐거운 이야기, 재미있는 이야기를 하고 싶은데도 나의 생활에 그런 일은 일어나지 않으니, 아무리 애써도 푸념과 불평, 넋두리만 늘어놓고 만다.

하지만 유타로는 모든 것을 받아들여 주기 때문에 나는 유타로에게 항상 언짢은 이야기만 하게 되고 말았다.

괜찮아. 너는 여자니까, 힘들거나 슬픈 일이 있으면 다 내가 들어줄게. 유타로는 다정하게 속삭인다.

나는 무척 안심하고 유타로에게 몸을 맡긴다.

그래, 나는 평범한 여자니까, 가냘픈 여자니까 어쩔 수 없다.

유타로는 언제나 나를 위로해준다…….

각성하는 발소리

마나부의 꿈은 언제나 아름다운 것으로 꾸며진다.

그곳에는 반드시 유타로가 있고, 아오이도 있다. 백작도 마님도 있고, 그 세계에서는 우아하게 시간이 흐른다.

마나부는 이 일가를 진심으로 사랑했다. 기품이 넘쳐흐르고, 아름다우며, 하늘에 빛나는 별처럼 손에 닿지 않는 사람들이기 때문이다.

아카이 가문은 원래 사츠마 지역의 번사[2]집안으로, 유타로의 할아버지 다이스케 대에 청일 전쟁에서 세운 공으로 자작이란 지위를 받은 새로운 화족이었다. 그 후 러일 전쟁에서 백작의 지위를 받았

2 번사: 에도 시대의 영지인 번에 소속된 사무라이와 그 구성원.

지만, 유타로의 아버지이자 현 백작인 노부오는 군인이 아니라 실업가로서 성공했다. 담배왕이라 불리며 담배 제조로 재산을 축적했고, 15년 전에 시행된 담배 전매법에 의해 막대한 보상금을 손에 넣으며 그때부터 인쇄, 비누 등의 사업을 연달아 설립하고 일확천금을 벌었다.

새로운 화족은 원래 조정에 출사하던 가문이나 무가에 있던 구화족들에게는 전쟁 후 잇달아 나타난 벼락부자들과 마찬가지로 내심 경멸당하고 있다는 이야기를 들었지만, 마나부는 이 사람들만큼 고상하고 진짜 화족다운 화족은 없을 거라 믿었다.

유타로는 아카이 가문이 마침 작위를 수여받았을 때 태어난 아이로, 그 이후 가문의 점진적인 번영을 그대로 나타내듯 천진난만한 왕이었다.

왕인 유타로와 여왕님인 아오이가 있는 저택에서 하인으로 일하는 자신은 행복한 사람이다 —— 그렇게 마나부는 생각했다. 이렇게 아름다운 가족을 위해 일할 수 있는 건 행운이다.

그렇다, 세상은 시점을 바꾸는 것만으로도 이렇게나 아름답게 빛나지 않는가.

마나부는 꿈속에서 미소를 짓고 있었다. 행복한 미소 같은 건 현실에서는 거의 비추는 일이 없지만, 이 아름다운 꿈속에서는 언제나 웃고 있었다.

그러나 꿈은 허망하기 때문에 꿈인 것이다.

이윽고 마나부는 토사물에서 나는 시큼한 냄새를 맡고 눈을 떴다.

'벌써 아침이 됐구나.'

마나부는 자신의 토사물에 얼굴을 묻고 기절해 있었나 보다. 저녁밥으로 먹고 다 소화하지 못한 단무지나 채소가 다다미 바닥에 들러붙어 있었다. 요시오는 이미 방에 없었다.

마나부는 담담하게 다다미 바닥을 닦은 다음, 얼굴을 씻고 양치질을 했다. 명치 주변이 욱신욱신 아파서 보니 심한 멍이 들어 있었다. 배를 맞고 토했을 것이다.

마나부는 냉정하게 그런 판단을 하면서 퍼뜩 유타로에게서 받은 시라카바가 어떻게 됐는지 신경이 쓰여서 시선을 이리저리 돌렸다. 실내에는 보이지 않았다. 어쩌면 아버지가 버렸을지도 모른다.

그때 마나부는 처음으로 슬픔을 느꼈다. 다 못 읽었는데. 유타로가 모처럼 준 건데. 유타로를 향한 미안함으로 마나부의 연약한 가슴이 쑤시듯이 아팠다.

속이 좋지 않아서 아침밥은 못 먹을 것 같다. 된장국 냄새마저 구역질이 날 것 같았다. 이미 고용인들은 다들 아침 식사를 끝내고 일을 시작했다. 요시오는 분명히 그 머저리는 몸이 안 좋아서 아직 자고 있다고 했을 것이다. 다들 어젯밤에 무슨 일이 있었는지 알면서 말없이 그 말을 흘려들었음이 틀림없다.

'난 언제까지 살아 있을 수 있을까?'

마나부는 요새 그런 생각을 한다.

어젯밤에도 토사물이 목구멍에 막혀서 죽을 수도 있었을 것이다. 엄청 맞아서 충격으로 죽는다든지, 머리를 박고 치명상을 입는

다든지. 어쩌면 이런 '덜떨어진' 몸이라서 병에 걸려 금방 죽을지도 모른다.

'하지만 죽으면 유타로를 만나지 못해.'

마나부는 막연하게 그렇게 되는 것만은 싫다는 생각을 했다. 이 세상에 남는 미련은 그 정도밖에 없었다. 이 어쩜 가늘디가는 유대일까. 마나부는 그렇게 생각하며 문득 미소를 지었다. 자신이 죽으면 슬퍼해 줄 사람도 아마 유타로뿐임을 알기 때문이다. 시체 썩는 냄새는 언제까지고 2평 남짓한 방 한구석에 괴어 있었다.

마나부는 여느 때보다 한층 느릿하게 평소처럼 잡무를 처리하면서 오늘도 따분한 하루가 지나가리라 생각했다. 유타로가 시라카바에 대해 물으면 어떻게 대답할지, 그런 것만 신경 쓰여서 다른 데는 전혀 손에 잡히지 않았다.

연기 나는 저택의 시간은 천천히 흐른다. 여느 때처럼 정오포 소리가 들리고 나면 이윽고 해가 저물고 유타로가 현관에 들어와 자신의 이름을 부를 것이다. 여느 때처럼 마나부를 끌어안고 다정하게 입술을 빨고 오늘 있었던 일을 세세하게 물어보겠지. 그리고 그 시라카바의 감상도 물어볼 것이 틀림없다.

'아아, 정말, 시라카바를 잃어버린 일을 유타로에게 어떻게 말해야 좋을까?'

이것저것 끙끙거리며 미처 생각을 끝내지 못한 마나부에게, 오늘은 평소와는 조금 다른 일이 있었다. 평소에는 보지 못하는 손님이 유타로가 귀가하기 전에 찾아온 것이다.

"아오이케 님이 오셨대."

"아아, 싫다. 또 유타로 님을 나쁜 놀이에 끌어들이실 생각일까?"

"애당초 그분의 손에 놀아나는 바람에 이곳을 그만둔 젊은 애도 있는데, 아무렇지도 않은 얼굴로 오는 게 얄미워."

"대체 얼마나 많은 여자를 울렸는지……."

마나부는 하녀들이 속닥속닥 남의 말을 하는 것을 엿듣고 손님이 누군지 알았다.

아오이케 하루히코── 유타로의 대학 시절 친구로, 어느 재벌의 삼남이며, 매일 놀고먹는 남자였다. 이른바 유타로에게 '나쁜 친구'라는 존재라고 할까? 집사인 쿠로다도 그 남자의 방문에 별로 좋은 표정은 짓지 않았지만, 찾아온 자를 쫓아낼 수도 없어서 응접실로 안내했다.

그 남자가 어째선지 마나부를 불렀다고 한다.

"아무쪼록 실수하지 않도록 해."

쿠로다가 그렇게 못을 박았지만, 마나부는 왜 자신이 부름을 받았는지조차 몰랐다. 우선 아오이케와는 한두 번밖에 만난 적이 없었으며, 만났다고 해도 얼굴을 본 정도였고, 말을 나누지도 않았다.

"실례하겠습니다."

그렇게 말하며 들어가자, 아오이케는 응접실 소파에 다리를 크게 벌리고 앉아 제집인 것 처럼 커피를 마시고 있었다.

"오오, 마나부. 왔구나."

이쪽으로 오라며 손짓을 하더니 맞은편이 아니라 자신의 옆에 앉혔다. 마나부는 왠지 유타로를 연상시키는그 행동에 문득 묘한 기분이 들었다.

아오이케는 유타로와는 또 다른 종류의 미모를 가진 남자였다. 아오이케는 남성미의 화신 같은 유타로에 비해 약간 여성적이었다. 길쭉하고 예쁜 팔다리를 가졌으며, 새빨갛고 커다란 장미꽃 송이가 흐드러지게 핀 것 같은 화려하고 아름다운 분위기가 있었다. 그러나 그 모습은 어디까지나 인위적으로 보였다. 빨간색도, 아름답게 정돈된 꽃잎도 모두 사전에 준비된 것 같은 공허함이 느껴졌다.

"이야, 너와는 한번 천천히 이야기를 나누어보고 싶었어."

"저와요……?"

"응, 그래. 아무튼 유타로, 그 녀석은 너에게 홀딱 반했으니까."

홀딱 반했다니, 이상한 말을 한다고 마나부는 생각했다. 분명히 유타로가 재미있고 우습게 각색하여 자신에 대해 이야기 했을 것이다.

아오이케는 그 단정한 얼굴에 추잡한 미소를 띠웠다.

"넌 소설을 자주 읽는다면서?"

"네."

"나도 가끔이지만 한가할 때 읽는 경우도 있어. 그것도 읽었어. 뭐였더라, 그, 1월쯤에 발표된 키쿠치 뭐뭐의."

"'은원의 저편에' 말씀이신가요?"

"아아, 맞아, 맞아, 그거야."

아오이케는 호들갑스럽게 고개를 끄덕이고는, 커다란 손으로 마나부의 어깨를 끌어안았다.

"넌 그런 걸 좋아해? 난 마지막에 원수를 갚아야 할 사무라이가 그걸 포기한 것이 왠지 납득이 안 가던데."

"네……. 재미있게 읽었습니다. 주인공인 이치쿠로가 뭐에 씐 모습이 무서울 정도였습니다……."

쿠로다에게서 실수를 하면 안 된다는 말을 들은 마나부는 아오이케를 불쾌하게 만들지 않도록 주의하면서도, 아무래도 소설에 대해 이야기할 수 있는 사람은 유타로 말고는 없기 때문에 저도 모르게 평소 이상으로 떠들고 말았다.

아오이케는 마나부의 감상을 듣고는, 나른한 듯 웃었다.

"그렇구나. 뭔가에 씐 그 모습, 말이지. 뭐, 난 독서보다는 이렇게 누군가와 이야기를 나누는 편이 훨씬 재미있지만."

아오이케는 마나부처럼 딱히 책을 좋아하는 건 아닌 듯했다. 유타로에게서 마나부가 책을 자주 읽는다는 말을 듣고 대화의 물꼬를 트기 위해 한 이야기에 불과할 것이다. 마나부는 아주 조금 낙담했다.

"너도 유타로와는 자주 대화하지? 보통 사이가 아니잖아."

"저……저기, 저는 유타로 님과는."

"뭐야, 이제 와서 얼버무리지 않아도 돼. 나랑 유타로는 허물없는 사이니까."

마나부는 불편함을 느끼고 눈을 두리번거렸다.

'뭐지? 아까부터……, 홀딱 빠졌다는 둥, 보통 사이가 아니라는 둥.'

아무래도 좋은 기분이 들지 않았다. 아오이케의 눈은 신기한 것을 신중하게 관찰하듯 마나부의 온몸을 훑었으며, 그 말투도 어딘가 시험하고 놀리는 듯한 느낌이 있었기에, 마나부는 어느 정도까지 진지하게 대답해야 좋을지 몰랐다.

'이 사람은 나를 어떻게 할 생각이지?'

경계하는 기색이 전해졌는지, 아오이케는 예쁘장한 얼굴로 부드러운 미소를 지었다. 그러나 마나부에게는 그 웃는 얼굴이 사람을 잡아먹는 귀신처럼 무서운 것으로밖에 보이지 않았다.

"그렇게 무서워하지 않아도 돼. 아무 짓도 안 해. 유타로한테 죽으니까."

아오이케는 마나부의 어깨를 끌어안은 손에 힘을 주었다.

"가녀린 어깨를 가지고 있구나."

마치 연인한테 속삭이듯이 귓가에 다정하게 말을 불어넣자, 마나부는 숨을 삼키며 여자를 유혹하는 데 익숙한 말투라고 생각했다.

몸이 가까워지자, 아오이케의 가슴에서 유타로와는 다른 어딘가 달콤한 향이 감돌았다.

"괜찮아. 아무 짓도 안 해. 아무 짓도 안 할 거야……. 단지 널 보고 있자니 근질근질해서 도저히 어떻게 하질 못하겠어."

아오이케는 얼어붙은 것처럼 굳은 마나부의 어깨를, 팔을 쓰다듬으면서 시라도 낭독하듯 연극투로 속삭였다.

"너 같은 부류의 사람은 다른 사람에게 참을 수 없을 만큼 사랑스러워서 보호해주고 싶다, 아니면 끝까지 괴롭혀서 울리고 싶다, 그중 하나의 감정을 품게 만들어. 유타로는 전자 쪽이겠지만……."

그러면 아오이케는 후자 쪽인 걸까?

마나부는 자신이 이 남자에게 실컷 괴롭힘을 당하는 모습을 상상하고 몸을 파르르 떨었다. 분명히 요시오가 몇 번이나 휘두른 종류의 폭력과는 다를 것이다.

마나부에게 있어 신분이 높은 아름다운 사람에게 발길질을 당하는 공상은 쾌미감을 품게 했다. 하지만 어째선지 아오이케로 인해 품게 되는 건 마나부에게는 기쁜 상상이 아니었다.

"하지만 네가 나빠. 널 괴롭히고 싶어 하는 사람이 나쁜 게 아니야. 너 자신도 알지 못하는 깊은 곳에서 넌 누군가에게 괴롭힘을 받고 싶어 해. 어떤 부류의 사람은 그 점을 간파해버리고 마는 거지. 너 말이야, 혼나고 싶다, 괴롭힘당하고 싶다, 그런 식으로 생각한 적은 없어?"

마나부는 대답하지 못하고 침을 삼켰다. 아오이케의 말은 마나부의 마음 한가운데를 꿰뚫고 있는 듯한 기분이 들었기 때문이다.

'나 스스로가 괴롭힘을 당하고 싶어 한다…….'

마나부에게는 확실히 그 징후가 있었다. 예를 들면 유타로나 아오이에게 괴롭힘을 당하거나 억지로 무슨 짓을 당한다면, 그건 마나부의 기쁨이 될 것이다. 하지만 다정한 유타로는 그런 가혹한 짓은 하지 않는다. 마나부를 싫어하는 아오이는 시선을 주는 것마저 싫어하는 정도였다. 그렇기에 마나부가 윗사람에게서 실제로 괴롭힘을 당했을 때 어떻게 될지는 마나부 자신도 몰랐다.

마나부가 가진 성(性)의 세계는 언제나 공상 속의 이야기였다. 마나부가 알고 있는 사람의 체온이란 것은 유타로와 장난할 때 느꼈던 것이 다였다. 유타로와의 장난은 그저 놀이이며, 실제 성적인 행위는 아니었다. 그때 두 사람이 있던 곳은 현실 같지 않은 꿈 같은 세계였다.

마나부는 아오이케의 지적에 몸을 떨고 있었다. 누가 창피한 무언가를 억지로 움켜쥐어 눈앞에 펼쳐 놓은 듯한 공포를 느꼈다.

"후후. 떨고 있구나. 귀엽네."

유타로가 아닌 누군가가 자신을 귀엽다고 속삭인 적은 없었다. 하지만 아오이케의 말은 유타로와는 전혀 다른 울림을 지니고 있었다. 어딘가 난폭하고 짐승 같은 음탕함이 있었다.

"책 같은 것보다 훨씬 재미있는 놀이가 많이 있어. 그걸 너한테 가르쳐주고 싶은데 말이야. 어차피 넌 이 저택에서 제대로 나가본 적도 없지? 이 '연기 나는 저택'에서 말이야."

아오이케는 음란한 색기가 배인 목소리로 말하며 느닷없이 마나부의 팔 안쪽 부드러운 부분을 훑었다.

마나부는 이 친구와 유타로가 밖에서 어떻게 노는지 알 것 같았다. 이 희미하게 달콤한 향도 분명히 여자의 향기일 것이다.

"과연 이렇게 잘 보니 얼굴 밝히는 유타로답게 너도 얼굴이 예쁘구나. 언뜻 보면 수수하지만, 이목구비가 무척 고운 데다 단정해.

이 입술도 연지를 바르면 꽤나 빛이 나겠지. 분을 바르고 은행잎 모양으로 틀어 올린 가발을 씌운 다음, 예쁜 기모노를 입히면……, 아아, 정말이지, 넌 신바시에서 유명한 기생이 될 수 있을 만한 기량을 가지고 있어."

아오이케는 마나부의 입술을 훑으며 별난 소리를 중얼거렸다.

마나부는 저항하지도, 도망치지도 못했다. 주인의 친구를 화나게 해선 안 된다.

그와 동시에 이상한 말만 하는 이 남자의 언동을 마지막까지 지켜보고 싶다는 묘한 호기심도 있었다.

마나부는 이미 이 일종의 위기 상황에서 자신이 마치 남 일처럼 그 경과를 지켜보고 있음을 느꼈다. 갑자기 심하게 매도당하고 받아들이지 못할 굴욕을 당했을 때, 마나부는 이런 상태가 되는 경우가 자주 있었다. 몸이 도망치지 못하기 때문에 마음만 도망치게 하는 것이다. 그 상태가 더 심해지면 몸까지 도망쳐서 기억 그 자체가 사라지고 말지만.

마나부가 저항하지 않는 데 기분이 좋아졌는지, 아오이케의 입은 더욱더 가벼워졌다.

"그런데 너, 그거 알아? 이번에 유타로가 남작가의 영애와 맞선을 본다던데. 무코우지마에 3천 평짜리 저택을 가진 어마어마한 자산가라고 하더군. 뭐, 하여간 졸부인 부류지."

"네……?"

마나부는 문득 가위에서 풀린 느낌이 들었다.

마음이, 몸으로 돌아오고 있었다. 처음 듣는 유타로에 대한 이야기에 현실감을 되찾은 것이다.

'유타로가 맞선을…….'

여태까지 거의 들은 적이 없는 종류의 이야기였지만, 유타로도 벌써 스물넷이다. 결혼 이야기가 나와도 전혀 이상하지 않았다.

그러나 이 위화감은 뭘까? 아오이케는 히죽히죽 불쾌한 웃음을 띤 채 마나부의 모습을 관찰하고 있었다.

"인물은 그다지 대단하진 않지만, 제법 귀엽고 솔직한 아가씨라더군. 만약 유타로가 아내를 맞이하면 넌 어쩔 거야?"

"어쩔 거냐고 물으셔도……."

"뭐, 네가 걱정할 필요는 없겠지만. 유타로의 마음에 있는 건 너 한 사람뿐이야. 결혼 같은 건 자식을 낳기 위해 하는 것뿐이니까. 이 또한 남자의 힘든 본분이지."

마나부는 멋대로 이야기를 끌고 가는 아오이케의 말을 잘 이해하지 못하고 고개를 끄덕일 뿐이었다.

유타로의 결혼은 아카이 가문에 있어서도, 이 저택을 섬기는 고용인들에게 있어서도 기쁜 일일 수밖에 없었다. 그걸 어쩔 거냐고 물어도 마나부는 어떻게 답해야 할지 몰랐다.

마나부의 안색이 그다지 변하지 않자, 아오이케는 조금 허탈해진 모습으로 "너는 감정이 얼굴에 드러나지 않는구나." 하고 중얼거렸다.

그리고 갑자기 뭔가 수긍이 갔는지, 심술궂은 미소를 지었다.

"아아. 혹시 유타로 혼자만 설치는 건가? 넌 얌전한 얼굴과는 어울리지 않게 그 남자를 농락하고 있구나."

마나부는 아오이케가 하는 말을 점점 더 이해할 수 없었다.

"세상에는 화족에게 남색 상대를 알선하는 중개인 같은 인간도 있는 것 같은데, 너라면 다른 데서 장사도 할 수 있겠어. 여자와는 노는 데 익숙한 유타로도 널 상대로는 형편없나 보군."

"저……, 실례지만, 아오이케 님은 그, 뭔가 잘못 생각하시는 것 같습니다."

장사 같은 말을 들으니 마나부도 말없이 가만히 있을 수가 없었다.

"잘못 생각한다고? 진짜? 난 사람을 보는 눈이 꽤 좋은데 말이지. 관상도 자주 봐주는데, 잘 맞는다고 평판이 자자하거든. 자, 우선 너는……."

그렇게 말하더니, 마나부에게 얼굴을 대고는 숨을 죽이고 관찰했다. 마나부는 희미하게 담배 냄새가 나는 숨이 뺨에 난 솜털을 살랑살랑 흔드는 것에 불쾌함을 느꼈다. 유타로의 숨은 기분 좋다는 생각마저 드는데, 어째서일까?

그때, 마나부는 어째선지 갑자기 아오이케의 표정에 떠오른 당혹스러움을 보았다. 그는 마나부의 얼굴을 응시하며 연달아 고개를 갸웃했다.

"아오이케!"

큰 소리가 나며 문이 벌컥 열렸다.

좀처럼 볼 수 없는 화난 표정을 지은 유타로가 거친 발걸음으로 응접실에 들어왔다. 그 기세에 눌렸는지, 아오이케는 희미한 미소를 지으며 마나부에게서 떨어졌다. 곧바로 유타로는 마나부의 팔을 잡아당겨 자신의 가슴에 꽉 껴안았다. 익숙한 체온, 익숙한 냄새에 마나부는 몸이 풀어지는 것을 느꼈다.

아오이케는 이 과도한 반응을 보고는 소리 내어 웃었다.

"이봐, 아무 짓도 안 했어. 그런 식으로 거친 콧김을 내뿜으면 귀여운 마나부가 겁을 먹잖아."

"너, 왜 마나부를 불렀어?"

"그냥 이야기를 나누었을 뿐이야. 그치? 마나부."

마나부는 화난 유타로를 보며 당혹스러워하면서도 작게 고개를 끄덕였다.

유타로는 겨우 분노로 인한 발작이 사그라들었는지, 깊은 한숨을 쉬며 마나부의 어깨를 쓰다듬었다.

"갑자기 오다니, 제정신이야?"

"너랑은 요새 바빠서 제대로 대화도 못했잖아. 이 근처에 볼일이 있어서 겸사겸사 들러봤어. 오랜만에 신바시에 있는 타마노야에 갈래? 오요우가 한동안 네 얼굴을 못 봤다고 적적해하던데."

"난 바빠. 그런 놀이는 이제 졸업했다고 말했잖아?"

눈썹 하나 까딱하지 않는 유타로의 냉랭한 태도에, 아오이케는 콧방귀를 꼈다.

"매정하네. 뭐, 마나부랑 친해졌으니 만족해."

아오이케는 재빨리 돌아갈 기색을 보이며 소파에서 일어났다.

그러나 가려던 발걸음을 멈추고는 문득 유타로를 돌아보았다. 그리고 마나부에게 시선을 돌리더니, 얼굴빛이 어두워졌다.

"그리고 왠지 그 애, 이상해. 관상이 특이하더군."

"무슨 뜻이야?"

"뭐랄까. 다른 사람들의 얼굴이 붙어있는 듯한……, 정교하게 나무토막을 짜 맞춘 것 같다고 할까? 나쁜 인상은 아니지만, 나도 처음 보는 얼굴이야."

"이봐, 마나부를 불안하게 하는 말은 하지 마."

또다시 유타로가 노여움을 담아 말하자, 아오이케는 "아아, 미안, 미안." 이라고 말하며 별로 미안하게 여기지 않는 듯한 태도로 훌쩍 나갔다.

'다른 사람들의 얼굴?'

그 말은 왠지 마나부의 신경 어딘가를 현저하게 자극했다. 하지만 그게 무슨 뜻인지 알 수 없었다.

"나 참……, 저 녀석, 뭐 하러 온 거야?"

유타로는 분노를 풀 길이 없다는 표정으로 깊은 한숨을 내쉬었다.

"뭐 이상한 짓 안 당했어?"

"네……, 괜찮습니다."

"저 녀석은 도락으로 사는 몸이니 아무쪼록 조심해. 뭘 쥐고 휘두르는 걸 무척이나 좋아하는 녀석이거든. 아마 이 근처에 숨겨 놓은 여자라도 있겠지. 저 녀석, 바로 저번 달에 아내가 임신했는데,

소행이 전혀 고쳐지질 않네."

'결혼……, 임신…….'

"이 또한 아이를 낳기 위한 본분." 아오이케는 그렇게 읊조렸고 아오이케 본인도 바로 얼마 전에 아내가 임신했다고 한다.

자신처럼 신분이 낮은 자라면 몰라도, 아오이케나 유타로처럼 지위가 있는 남자는 확실히 그런 의무가 있을 것이다. 유타로는 언젠가 반드시 자신과 걸맞은 집안의 여자를 아내로 맞이할 것이다.

마나부의 가슴속이 불안으로 술렁거렸다.

'난 왜 이러는 거지? 대체 뭐가 싫은 걸까?'

마나부는 자신의 감정에 무척이나 둔했다. 지금 자신이 어떻게 느끼고 있는지, 그 원인이 무엇인지, 다름 아닌 자기의 일인데도 그 정체를 바로 알지 못했다.

"마나부. 아오이케와는 대체 무슨 이야기를 했어?"

"별말 안 했습니다."

"너, 또 그 말투. 말했잖아? 둘만 있을 땐."

"그럼 유타로. 분명 이게 우리 둘의 마지막 시간일 거야."

무슨 생각을 하기 전에 마나부의 입에서 그런 말이 나왔다.

말하고 나서 퍼뜩 제정신을 차렸지만, 그 말을 철회할 마음은 들지 않았다. 말하려면 지금뿐이라는 생각이 들었다.

"마나부, 왜 그래?"

유타로는 어안이 벙벙해져서 한동안 말을 잃었다가 겨우 그 말만을 입에 담았다.

지금까지 유유낙낙하게 유타로가 하는 대로 따라왔던 마나부가 처음으로 자신의 의지다운 것을 드러냈다. 그저 그뿐인데 몹시 놀랍다는 듯한 표정을 보니, 마나부의 가슴은 죄책감으로 욱신거렸다.

그러나 지금 확실히 해 두어야만 하는 일이 있었다.

"너, 맞선 본다며?"

조용히 그렇게 묻자, 순식간에 유타로의 안색이 변했다.

"아오이케가 말했어?"

마나부가 고개를 끄덕이자, 유타로는 "제길, 그 녀석."이라고 말하며 이를 갈았다. 그건 조금 전에 이 응접실에 들어왔을 때와 같은 순수한 분노라기보다 어딘가 떳떳지 못한, 창피함이 배인 당혹스러운 표정이었다.

"아오이케 님이 우리에 대해 이런저런 말씀을 하셨는데……, 아무래도 우리 둘의 관계는 사람들에게 무슨 오해를 사는 것 같아."

그때는 혼란스러워서 말뜻을 제대로 이해하지 못하고 있었다. 하지만 지금 다시 생각해보니, 아오이케는 자신과 유타로가 연인 같은 관계라고 넌지시 말하면서 어떻게 해서든 마나부의 입에서 그 말을 끌어내려고 했다.

"난 미래에 네 아내가 될 사람에게도 그런 이상한 의심을 품게 하고 싶진 않아."

"마나부. 잘 들어."

유타로가 마나부의 목소리를 가로막듯이 힘주어 마나부의 양쪽 어깨를 잡았다. 똑바로 쳐다보는 시선이 마나부를 꿰뚫기라도 할 것처럼 오로지 그 얼굴에 쏟아졌다.

"확실히 맞선은 볼 거야. 하지만 그건 정황상 거절할 수 없었던 것뿐이야. 사업 상대이기도 해서 말이지. 하지만 결혼할 생각은 없어."

"왜? 아직 만나지도 않았잖아."

"나는 결혼할 마음 따윈 없어."

마나부는 동요했다. 어째서 유타로는 그런 말을 할 수 있는 거지?

유타로는 버젓한 아카이 가문의 맏아들이다. 가문의 모든 것을 짊어질 차세대 당주인 것이다. 그런데 결혼을 하지 않겠다니, 허락될 리가 없었다. 유타로에게 결혼할 마음이 있든 없든, 그건 절대적 의무일 터.

"어째서? 가문을 위해 언젠가 너도 결혼해야 한다고."

"후계자는 친척 중에서 양자를 들일 거야. 이미 아주 예전부터 그렇게 마음먹었어."

"양자……?"

"가문에 피가 이어졌는지는 중요하지 않아. 요컨대 후계자가 있으면 되는 거야. 화족 중에도 양자로 가계가 이어지고 있는 가문은 지천에 널렸어. 이 아카이 가문도 예외는 아니야. 나도 그런 선택을 할 뿐이야."

마나부는 아연실색하여 잠시 침묵했다.

예전부터 그렇게 구체적으로 계획하고 있었다는 건가.

'왜지? 유타로는 여자를 사랑할 수 있을 텐데. 아오이케 님처럼 같이 노는 친구들도 몇 명이나 있어. 아침에 귀가하는 일도 있었고. 그런데도 어째서 결혼만은 하고 싶지 않다는 걸까?'

양자라는 건 결혼하고 나서 아이가 생기지 않았을 경우에 취하는 최종 수단이다. 그런데도 유타로는 결혼도 하지 않고 양자를 들이기로 했다고 한다.

아무리 머리를 굴려봐도 마나부는 유타로의 생각을 조금도 읽을 수 없었다. 직접 그 이유를 물으면 될지도 모르지만, 어째선지 마나부는 그것을 피하고 싶은 마음이 있었다.

"유타로가 어째서 그런 생각을 하게 됐는지 모르지만……, 분명히 언젠가 마음이 변할 거야."

"변하지 않아."

유타로의 목소리는 흔들림이 없었다.

"네가 곁에 있어 주는 한, 난 변하지 않아."

"……내가?"

그런 말을 하지 않아도, 자신은 이곳에 있을 수밖에 없다. 변변히 거리에 나가본 적도 없는 데다, 마나부는 철이 들고 나서 쭉 유타로와 함께 있었다. 자신은 영원히 유타로의 하인이며, 항상 바로 가까이서 그를 섬기는 존재이다. 그런데도 유타로는 마나부가 어딘가로 가버릴지도 모른다고 걱정하는 걸까?

유타로는 이런저런 생각 중인 마나부를 꽉 껴안았다.

"난 네 곁에 있을 거야. 그러니까 너도 내 곁에 있겠다고 맹세해 줘."

"유타로……."

"부탁이야. 부탁이야……."

그 애원하는 목소리가 마나부의 마음에 들어왔다.

'유타로……, 네가 그런 목소리를 내면 이상하잖아. 너답지도 않다고.'

마나부는 왜 그렇게나 유타로가 자신을 필요로 하는지 알 수 없었다.

왕으로 있어야 할 유타로가 이렇게 슬픈 목소리를 내는 게 참을 수 없었던 마나부는 그 품 안에서 몸이 굳었다.

유타로는 왕이어야만 했다. 언제나 자신감에 차 있고, 사람을 거느리는 게 당연한 왕좌에 앉아서 모든 것을 내려다보는 존재여야만 했다.

마나부는 유타로의 다정한 성품과 변덕으로 엮인 존재이며, 결코 그의 인생을 좌우하는 어엿한 존재로 있어서는 안 되는 것이다.

마나부는 당혹스러웠다. 자신이 이 환경에 적응하기 위해 만들어 낸 가치관이나 인간관계의 피라미드가 삐걱거리며 무너지기 시작하는 소리를 들은 것 같았다.

'나는 조금이라도 멀리, 조금이라도 빨리 네게서 떨어져야만 하는 걸까?'

유타로는 집안을 위해 결혼해야만 한다. 아이를 낳아야만 한다.

그것을 마나부라는 존재가 방해하고 있다.

어느새 이런 식으로 밀접하게 관계를 맺고 만 것일까? 입맞춤 같은 짓을 시작한 시점에 깨달았어야 했을지도 모른다.

마나부는 유타로를 필요로 했다. 하지만 유타로마저도 마나부를 이렇게까지 필요로 하고 있을 줄은 생각도 못했다.

"유타로……, 난 어디에도 가지 않아."

마나부는 애써 온화하게 속삭이고는, 유타로의 가슴을 살짝 밀었다. 유타로의 얼굴을 올려다보자, 그곳에는 너무나도 불안해하는 한 남자가 있었다.

"왜 그런 걱정을 하는 거야? 난 쭉 이 저택 안에서 나가지 않고 있는걸. 밖에 나간 건 소학교에 같이 다녔을 때쯤이었고, 그 뒤로는 여기서 줄곧 틀어박혀 있다는 걸 너도 알잖아?"

"그래, 잘 알지. 하지만……."

"넌 너무 걱정이 많아. 유타로. 네가 누구를 연인으로 삼든, 누구와 결혼하든 네 자유야. 나는 언제까지나 너를 섬길 거야. 네 곁에 있을 거야."

부모가 어린아이를 타이르듯이 천천히 설득하자, 유타로는 차츰 냉정을 되찾았다.

"미안해……. 평정심을 좀 잃었어."

"아니, 괜찮아. 나도 너무 갑작스러웠어."

유타로가 이토록 동요할 거라 생각하지 못했다. 마나부가 이렇게나 마음 약한 주인의 얼굴을 본 건 처음이었다.

차분해진 것 같지만, 유타로의 얼굴은 아직 굳어 있었다. 양손은 여전히 마나부를 놓치지 않으려는 듯 손가락이 파고들 정도로 그의 가녀린 어깨를 잡고 있었다.

"마나부. 그, 단둘이서 있지 않겠다는 건……, 그러지 말아줘."

"응……. 알겠어."

유타로의 눈은 궁지에 몰린 짐승처럼 형형하게 빛나고 있었다. 마나부는 이쯤에서 수긍하지 않으면 이 방을 나갈 수 없을 것 같은 기분이 들어서 어쩔 수 없이 유타로의 요구에 응했다.

유타로는 마나부의 대답을 듣고 겨우 안심한 것처럼 보였다.

하지만 이날을 경계로 유타로는 점점 이상해져 갔다.

* * *

마나부는 방으로 돌아가서 자신과 유타로에 관해 생각하고 있었다. 언제부터 톱니바퀴가 엇나가기 시작했는지 떠올리려고 했다.

옛날부터 사이가 좋은 친구였지만, 마나부는 자신과 유타로의 신분 차이를 알고 남들 앞에서는 선을 그으려 했다. 유타로도 그 사실을 모르는 제멋대로인 아이가 아니었다. 오히려 같은 나이대인 아이들보다도 훨씬 어른스러운 데다, 어떨 때는 주위에 있는 어른들보다도 주의가 깊을 때도 있을 정도였다.

어릴 적부터 완벽한 용모, 완벽한 두뇌, 완벽한 운동 신경을 가지고 있던 유타로는 어디를 가도 당연하다는 듯 왕좌에 군림했다.

마나부는 그런 왕을 받들어 섬기는 최고의 신하. 누구보다도 가까운 위치에 있는 마나부를 모두가 질투의 눈으로 바라봤지만, 유타로가 마나부를 무척이나 마음에 들어 했기 때문에 마나부가 아무리 굼떠도, 어리석어도 학교에 있는 그 누구도 마나부를 괴롭히지 못했다.

"난 마나부를 누구보다 잘 알아. 마나부 너보다 잘 알아."

유타로는 곧잘 그런 말을 했다.

본인보다도 그 사람을 잘 아는 타인이 있겠냐고 생각하는 게 일반적이겠지만 유타로라면 마나부 자신보다 자신을 더 잘 알 거라고 납득할 수 있었다.

마나부는 자신에게 관심이 거의 없었다. 있다고 한다면 그건 유타로라는 주인을 섬기고 있는 하인이라는 그 입장뿐이었다.

감정이 없어서 지금 자신이 어떻게 느끼고 있는지도 예민하게 이해하지 못하기 때문에 왠지 모르게 싫다, 왠지 모르게 기분 좋다는 정도밖에 몰랐다. 그래서 누구보다 총명한 아이였던 유타로가 마나부 자신보다도 마나부를 알고 있다고 말해도 역시나 그렇구나, 하며 수긍할 수밖에 없었다.

어느 날, 유타로는 마나부, 친구들과 정원에서 전쟁놀이 같은 걸 해서 흙투성이가 되는 바람에 같이 목욕을 하게 되었다. 적어도 마나부는 하인의 입장이기 때문에 자신은 고용인들이 사는 건물에서 씻겠다고 했지만, 유타로가 꼭 같이 씻자고 조르는 나머지 어쩔 수 없이 이번만이라고 말해 두고 함께 욕조에 들어가게 되었다.

어릴 때부터 발육이 좋았던 유타로는 이미 마나부와는 몹시 차이가 났다. 하반신을 볼 때까지 여자인지 남자인지도 모를 정도의 몸이었던 마나부는 무럭무럭 자라 체격이 좋은 유타로의 옆에 있는 게 살짝 창피하기도 했다.

"마나부. 여기에 멍이 있어."

"아, 진짜다. 어디서 부딪혔는지 모르겠어."

둘이서 넓은 노송나무 욕조에 몸을 담그자, 유타로가 마나부의 위팔을 잡더니 그곳에 생긴 보랏빛 멍을 가리켰다. 마나부는 곧잘 멍하니 있기 때문에 모르는 사이에 이런 멍이 드는 일이 자주 있었다.

하지만 유타로는 "아니야."라고 말하며 킥 웃었다.

"마나부, 기억 못하는구나? 그건 내가 빨아서 생긴 자국이야."

"뭐? 유타로가?"

마나부는 놀라서 눈을 휘둥그레 떴다. 그런 일을 당한 기억은 없었다.

"언제 그랬어?"

"그러니까 말했잖아. 내가 마나부를 더 잘 안다고."

유타로는 어딘가 의기양양하게 큰소리쳤다.

"마나부의 피부는 이렇게 손만 대도 찰싹 달라붙으니까, 재미있어서 빨았어."

"빨면 이렇게 되는구나. 몰랐어."

"날 빨아봐. 세게, 힘껏, 소리가 날 정도로 빠는 거야."

마나부는 유타로가 팔을 내밀자 처음에는 망설였지만, 자꾸 재축하는 바람에 시키는 대로 해보았다.

유타로의 구릿빛 피부에 입을 대자, 마나부의 입술에 생기있는 탄력이 느껴졌다.

힘껏 빨아보자 뿡 하고 방귀 같은 소리가 나는 바람에, 두 사람은 욕조 안에서 자지러지게 웃었다. 더 세게, 더 세게, 라는 말을 들으며 빠는 사이에 어느새 자신의 팔에 있는 것과 같은 멍이 유타로의 팔에도 생겼다.

"근데 이런 일을 했다면 내가 반드시 기억하고 있을 텐데."

"마나부는 그때 자고 있었으니까."

"뭐? 나, 유타로 앞에서 자버렸어?"

"응. 마나부는 그러니까 몰라. 나만 알아."

주인 앞에서 혼자 선잠이 들고 만 사실을 아버지가 알면 분명히 엄청나게 맞을 것이다. 하지만 자신이 갑자기 잠에 든다는 건 기억이 있기 때문에, 유타로의 말은 거짓말이 아니라고 생각했다.

그런 상태로 몸을 빨았기 때문에 그게 어느샌가 입맞춤이 되어도, 이윽고 서로를 위로하는 행위로 변해도 마나부는 강한 위화감을 느끼지 못했다.

"마나부에 대해서는 내가 다 알고 있어. 그러니까 나는 마나부랑 가장 친한 친구야."

유타로는 종종 그런 말을 했다.

어릴 적에는 마나부도 그렇게 생각했다. 하지만 성장함에 따라 뭔가가 다르다는 것을 알기 시작했다.

그리고 그것은 지금 결정적인 사실이 되었다. 너무나도 늦게 깨달았을지도 모른다. 설마 유타로가 결혼을 하지 않겠다고 결심까지 했을 줄은몰랐다.

'난 여태까지 유타로에게 너무 의지했어. 하지만 어떻게 하면 좋을까? 유타로가 나 같은 건 대단한 존재가 아니라고, 필요 없다고 이해하도록 하려면 어떻게 해야 좋을까?'

"후우. 정말이지, 어깨가 결려서 못 견디겠네. 야, 마나부. 너 같은 덜떨어진 놈이라도 어깨 정도는 주무를 수 있지?"

평소처럼 깨진 찻종으로 술을 마시기 시작한 요시오가 마나부에게 봉사하길 명령했다.

마나부는 시키는 대로 아버지의 바위 같은 어깨에 가는 손가락을 댔다. 땀으로 축축한 메리야스 내의 아래에 울퉁불퉁 튀어나온 딱딱한 근육이 꿈틀대자, 마나부는 살며시 공포를 느꼈다. 40을 넘은 중년 남자의 몸이 피로와 불만과 분노를 그 피부 아래에 모아 둔 채 당장이라도 약동하여 마나부를 덮칠 것 같았기 때문이다.

"오, 주무르는 게 왜 그렇게 계집 같아? 넌 어깨도 만족스럽게 못 주무르냐?"

"죄송해요, 아버지……."

마나부는 사과하면서 열심히 아버지의 어깨를 주물러 풀었다.

점차 취기가 돌기 시작한 요시오는 어깨 따윈 아무래도 좋아졌는지, 성가시다는 듯이 마나부를 뿌리치고는 혼자서 마구 지껄여 대기 시작했다.

"오늘은 유타로 님의 친구분이 오셨다더군."

"네."

"듣자하니 그분이 널 일부러 지명해서 부르셨나 보던데."

"네……."

하녀들이 하는 이야기라도 들었나 보다. 또 귀찮은 일이 벌어질 것 같은 기분이 든 마나부는 몸을 움츠렸다.

"대체 무슨 이야기를 했냐?"

"소설 이야기를 좀 했어요."

"소설? 거참, 이놈이든 저놈이든 다 시시하군."

그렇다고 유타로가 맞선을 본다는 이야기도, 묘한 의심을 샀다는 이야기도 할 수 없어서 어쩔 수 없이 소설 이야기를 꺼냈지만, 결국 무슨 말을 해도 요시오를 짜증 나게 할 뿐이었다.

애당초 요시오는 아들인 마나부가 차기 당주의 친애를 받는다는 점 자체가 달갑지 않은 것이다. 자신은 아무리 열심히 일해도 고용인 중 하나에 불과한데, 마나부만 유타로의 특별한 존재인 게 마음에 들지 않는 것이다.

"그러고 보니 네 그 책 말인데. 유타로 님이 빌려주셨다는 그거."

요시오가 문득 전의 그 시라카바에 대한 이야기를 꺼냈다.

"아버지. 그거, 어떻게 하셨어요?"

마나부는 저도 모르게 두려움도 잊고 아버지에게 다가갔다.

"중요한 물건이에요. 부디 돌려주세요."

"네 녀석, 아버지한테 명령하냐!"

요시오의 툭 튀어나온 이마에 퍼런 혈관이 부풀어 오른 다음 순간, 마나부는 금세 맞고 쓰러졌다. 요시오가 마시던 찻종이 벽에 부딪혀 깨졌고, 마나부는 그 파편에 팔을 베였다. 쑤시는 듯한 아픔에 얼굴을 찡그릴 새도 없이, 한번 불이 붙으면 멈추지 않는 짐승의 공격이 시작됐다.

"너 따위, 너 따위……."

요시오가 쓰러진 마나부의 배 위에 올라탔다. 키는 작지만 다부진 근육으로 덮인 요시오의 몸은 무거웠다. 마나부는 답답함에 신음하며 팔다리를 필사적으로 버둥거렸다. 그러나 아버지의 몸은 꿈쩍도 하지 않았다.

"어차피 네 녀석에게 내 피는 한 방울도 흐르지 않으니까. 봐, 전혀 안 닮았잖아! 네놈은 어차피 그 남자의……."

"이봐. 뭐 하는 짓이야?"

마나부도 요시오도 이곳에 있을 리가 없는 사람의 목소리에 소스라치게 놀랐다.

"거기서 비켜."

"히익……."

요시오가 비명을 지른 직후, 갑자기 마나부를 누르고 있던 무게가 사라졌다. 둔탁한 소리를 내며 요시오의 건장한 몸이 날아갔고, 마나부가 정신을 차렸을 땐 눈이 뒤집힌 요시오가 침을 흘리며 바닥 위에 뻗어 있었다. 그리고 그 위에 올라탄 유타로가 이미 기절한 요시오의 얼굴을 몇 번이나 후려치는 소리가 실내에 둔탁하게 울려 퍼졌고, 그 피가 뺨에 튀었을 때 마나부는 겨우 정신을 차리며 황급히 유타로의 넓은 어깨에 뛰어들었다.

"유타로, 이제 됐어, 이제 그만해."

그의 어깨를 필사적으로 작게 흔들면서 매달리는 마나부의 목소리에, 창백한 얼굴을 한 유타로가 돌아보았다. 그의 주먹이 요시오의 피로 범벅이 된 데다 울혈이 생긴 요시오의 얼굴이 일그러진 채 부풀어 오른 바람에, 마나부는 아버지가 죽은 줄 알고 몸을 덜덜 떨었다.

"마나부. 괜찮아?"

유타로는 마나부를 꽉 껴안았다.

마나부는 왜 유타로가 여기 있는 건지 몰라 멍하니 있었다. 처음에는 꿈이라도 꾸는 건가 싶었지만, 꿈이 사람을 후려칠 수 있을 리가 없었다.

문득 마나부는 유타로의 옆에 있는 물건을 보고 그 이유를 깨달았다.

"이게 내 책상 위에 놓여 있길래 가지고 왔어. 그랬더니 네가 맞고 있어서……."

"고, 고마워……. 일부러 가져다주지 않아도……."

"왜 내 방에 있었던 거야? 벌써 다 읽었어?"

마나부는 천천히 고개를 저었다. 유타로는 이상하다는 표정으로 고개를 갸웃했다.

아무리 요시오라도 주인의 소유물이라는 이야기를 듣고 버릴 수는 없었나 보다. 마나부는 안도했지만, 아버지가 왜 그렇게까지 자신이 책을 읽는 걸 싫어하는지 이상하게 여겼다.

요시오 본인이 거의 읽고 쓰지 못하기 때문이겠지만, 마나부가 책을 읽는다고 한들 요시오에게는 아무 피해도 없을 텐데.

'아버지는 아직 나를 자신의 소유물이라고 생각해……. 개나 고양이처럼 자기의 뜻대로 나를 길들이려는 걸까? 내가 아버지처럼 되는 건 아무리 생각해도 불가능한데.'

혹은 그저 마나부를 괴롭히려고 책을 읽지 못하게 하는 걸지도 모른다.

그렇게 생각해보니 마나부는 그게 진실처럼 생각되기 시작했다.

'아버지는 아까도 말했잖아. 나한테는 아버지의 피가 한 방울도 흐르지 않는다고…….'

"마나부. 괜찮아?"

마나부는 유타로의 목소리에 퍼뜩 정신을 차렸다. 걱정스러운 듯 마나부를 바라보는 유타로의 얼굴이 의외로 가까이 있던 탓에 마나부는 가슴이 철렁했다. 유타로의 손은 마나부의 팔을 잡더니, 찻종 파편에 베인 상처에 입술을 가져다 댔다.

"그, 그러지 않아도 돼. 나는 괜찮으니까……. 그보다 아버지는……."

요시오는 아직 기절한 상태였지만 살아 있긴 한 것 같았다. 얼굴은 곧 있으면 더 심하게 부어오르겠지만, 지금으로서는 생명에는 지장이 없어 보였다.

"몇 대 때리긴 했지만, 당연한 응보야. 우선 저택으로 돌아가자. 네 치료를 해야지."

"괘, 괜찮아. 별것 아니니까."

"안 돼. 마나부, 이건 명령이야."

그런 말을 들으면 마나부는 거역할 수 없었다.

유타로는 마나부를 데리고 자신의 방으로 돌아갔다. 찬장을 열자 붕대와 각종 약과 소독액 등, 각종 치료 도구가 있었다. 그런 게 있는지 몰랐던 마나부는 깜짝 놀랐다.

"왜 방에 이런 게 있어? 하녀가 치료해주잖아?"

"뭐, 밖에서 싸울 때도 있잖아? 누가 보면 시끄러워지니까 내가 알아서 몰래 치료했었어."

"네가 밖에서 싸움 같은 걸 해?"

"그야 하지. 내가 먼저 달려든 적은 없지만, 주정뱅이 같은 상대한테 말은 아무런 도움도 안 되니까."

유타로도 아오이케 같은 나쁜 친구의 꾀임으로 자주 밖에서 놀던 시기가 있었다. 그 무렵부터 여기에 이런 치료 도구가 있었던 걸까?

평소에는 우아하고 의젓한 유타로였지만, 방금 전에 요시오를 힘껏 후려친 힘센 팔을 봐도 분명 무척 싸움을 잘할 것이다. 그 큰 덩치에 다부진 몸만 봐도 힘이 있다는 건 알 수 있었지만, 마나부는 유타로가 밖에서 싸움을 하고 다닐 줄은 꿈에도 생각지 못했다.

'유타로는 언제든지 나와 함께였어. 하지만 확실히 조금 소원했던 시기도 있었던 것 같아…….'

"그러고 보니 아까 이상한 이야기를 하던데."

유타로는 마나부의 발밑에 무릎을 꿇고 상처를 소독하면서 마나부의 안색을 살피듯이 힐끗 올려다보았다.

마나부는 아버지의 폭언이 들렸다고 생각하자 창피해져서 뺨이 달아오르는 것을 느꼈다.

"어디부터 들었어?"

"아저씨가 널 때리더니 너한테는 자기 피가 한 방울도 흐르지 않는다 같은 말을 한 부분부터."

그렇다면 유타로가 방에 뛰어들어 오기까지 그사이에 거의 공백이 없었다. 정말 좋지 않을 때 오고 만 것이다.

마나부는 뺨이 화끈거림을 느끼면서 시선을 바닥으로 떨어뜨렸다.

"확실히 나와 아버지는 안 닮았으니까……."

"설마 네 어머니랑 도망간 남자 사이에 생긴 아이라고 하는 거야?"

"그런 말투이긴 했지만……, 상대는 옛날부터 이 하코네 별장에 있던 사람이고, 나는 본가에서 태어났으니 앞뒤가 안 맞아."

"네 아버지는 취해서 분별력이 없어진 거야."

"응……. 하지만 내가 아버지의 아이가 아니지 않을까 하고, 아마 계속 의심하고 있어."

"넌 어머니를 닮았잖아. 아버지와 안 닮은 건 어쩔 수 없어. 난 네 어머니를 기억해. 무척 아름다운 사람이었어."

마나부 또한 어머니의 얼굴은 기억하고 있었다. 하지만 유타로가 말하는 것처럼 아름다운 사람이었는지 조금 미심쩍었다. 유타로나 아오이, 아오이케 같은 타인이 아름답고 추한지는 알겠는데, 자신의 어머니를 생각하자니 금세 알 수 없어지는 건 왜일까?

“그런 식으로 심한 말을 하다니, 역시 네 아버지는 이상해. 친자식인데 대체 왜 그런 어리석은 말을 입에 담는 거지?”

“아버지는……, 내가 ‘덜떨어진 놈’이라서 항상 화를 내는 거야.”

“덜떨어졌다니? 설령 그렇다 하더라도 피가 이어졌잖아. 아무리 완벽하더라도 생판 남이라면 진심으로 사랑할 수 없다고……. 너네는 애써 피가 이어졌는데도 왜 이렇게 말도 안 되는 짓을 하는지 난 이해가 안 가.”

“유타로…….”

마나부는 흥분한 채 말을 빠르게 내뱉는 유타로를 신기한 마음으로 쳐다보았다.

바로 얼마 전에 유타로는 자신은 결혼하지 않고 양자를 맞이할 것이라 말했다. 혈연관계는 중요하지 않다고. 하지만 조금 전에 유타로는 그와는 전혀 정반대의 말을 입에 담았다.

‘유타로……, 넌 분명히 지금 그 말이 진심이겠지. 혈연관계에 그렇게나 강한 애착을 품고 있는 네가 어째서 양자를 들이겠다는 말을 한 거야……?’

마나부는 유타로가 가족의 형태라는 것에 뒤틀린 복잡한 감정을 품고 있음을 느꼈다. 하지만 그 이상은 유타로의 마음속에 너무 함부로 들어가는 것 같아서 묻지 못했다.

"자, 다 됐어."

이윽고 유타로는 붕대가 감긴 팔을 부드럽게 탁 치고는 일어섰다.

"고마워……. 네게 이런 일을 하게 하다니."

"그런 건 괜찮아. 일단 오늘 밤에는 내 방에서 자."

마나부가 놀라서 눈을 크게 떴다.

"아, 아무리 그래도 그건 안 돼……."

"왜? 괜찮아, 같은 침대에서 자기 싫으면 난 이 소파에서……."

"아니야, 그런 뜻이 아니라……, 분명히 주인님도 마님도 용서하지 않으실 거야. 같이 식사하는 것도 안 되니까, 같은 방에서 자는 건 당치도 않은 일이라고."

"하지만 널 그곳에 둘 수는 없어."

"괜찮아. 아버지는 기절했으니까."

"안 돼. 언제 정신을 차리고 또다시 널 심한 꼴을 당하게 할지 몰라."

"그래도……."

마나부는 곤혹스러웠다. 만약 자신이 유타로의 방에 머무른 사실을 들키고 만다면 분명히 엄청난 일이 벌어질 것이다. 마나부는 어릴 적에 호되게 꾸짖음을 당한 기억이 떠오르자 간이 철렁했다.

유타로의 어머니는 아들이 부탁하니 고용인인 마나부와 노는 것을 허락했지만, 같이 식사를 하는 건 허락하지 않았다. 그녀는 배가 고프다는 말에 주방에서 하녀가 만들어준 된장을 바른 주먹밥을 받아 같이 먹었다는 이야기를 듣고는, 나중에 엄청나게 화를 내며 유타로와 마나부를 불러 직접 엄하게 꾸짖었다.

어떤 기준인지 모르지만, 애들끼리 노는 건 어쩔 수 없다 쳐도 같은 한솥밥을 먹는다는 건 역시 신분 차이가 있는 이상 해서는 안 되는 행동이라 판단했을 것이다.

한번 유타로와 같은 욕조에 들어갔을 때도 마찬가지로 야단을 맞았다. 마나부는 그렇게 조금씩 자신과 유타로 사이에 있는 벽의 존재를 인식해 나갔다.

'난 앞으로 유타로와는 거리를 두어야만 하는데, 더 이상 이런 식으로 응석 부릴 수는 없어.'

마나부는 결국 결심하고는 의자에서 일어났다.

"역시 난 돌아갈게."

"안 돼. 못 가."

유타로는 눈을 부릅뜨고 마나부의 어깨를 잡았다. 부자연스럽게 치켜 올라간 그 눈꼬리가 묘하게 무서웠다.

"마나부. 나는 그저 네가 걱정 돼."

"그건 알아. 고맙게 여기고 있어. 하지만……, 부탁이니까 우리의 신분 차이를 떠올려줘. 우리는 태어났을 때부터 다른 인간이라고 정해져 있었어."

"몇 번이나 똑같은 대답을 반복할 작정이야? 나는 그런 건 신경 안 써."

"내가 신경 쓰여."

마나부는 눈을 질끈 감고 가슴이 숨이 막혀 신음하듯 말했다.

이 말이 유타로를 상처 입힐 건 알고 있었다. 그래서 입에 담고 싶진 않았다.

하지만 유타로와 조금이라도 거리를 두기 위해서는 확실히 알려야만 하는 말이었다.

마나부가 흠칫거리며 눈을 뜨자, 유타로는 조용하게 마나부를 내려다보고 있었다.

그 표정은 조금 전에 초조함을 얼굴에 드러내던 때보다 훨씬 냉정한데도 왠지 마나부의 몸은 전율에 휩싸였다.

유타로의 얼굴이 무표정해지자 단정함이 두드러져서 마치 인형처럼 보였다. 그렇게 있자 아오이의 차가운 표정과 조금 닮은 것을 보니 역시 두 사람은 남매라는 생뚱맞은 생각이 경직된 머리 한구석에 들었다.

"……알았어. 그렇게까지 말하니 말리진 않을게. 하지만 잘 들어, 마나부. 내 각오를 알려줄 테니까."

"가, 각오……?"

"다음에 아저씨가 네게 폭력을 휘두르면, 내가 아저씨를 죽일 거야."

마나부는 얼어붙은 것처럼 꼼짝 못하고 그 자리에 서 있었다.

'지금 유타로는 뭐라고 한 거지?'

죽인다고 한 거야? 우리 아버지를?

유타로의 기품 있고 부드러운 입술이 그런 야만스러운 말을 뱉은 건가?

유타로는 희미하게 웃고 있었다. 그러나 눈동자 속에 가라앉은 차가운 빛은 그 말이 진심임을 나타내듯이 잔혹한 기색을 띠고 있었다.

"이제 참는 것도 한계야. 그래도 너와 피를 나눈 부모라는 생각에 언젠가는 정신을 차릴 것이라며 너를 향한 만행을 용서해 왔어. 뭐라 해도 어머니가 떠난 후 너에게 남은 유일한 가족이니까. 하지만 너를 자신의 아이라고도 생각하지 않는다면 이야기는 달라지지."

"아, 아버지는 술에 취해 있었어. 진지하게 한 말이……."

"그렇게는 들리지 않았어. 그건 사랑하는 아들한테 할 말이 아니야. 증오가 뚝뚝 떨어지는 듯한 목소리였다고. 이대로라면 그 아저씨가 너를 죽일 거야. 그러니까 그 전에 내가 아저씨를 죽일 거야."

유타로는 한마디 한마디 강조하듯이 마나부에게 천천히 무서운 계획을 이야기했다.

마나부는 아직 무슨 이야기를 듣고 있는 건지 믿어지지 않았다. 그저 여태까지 본 적 없는 냉혹한 얼굴을 한 유타로가 너무나도 평소 유타로와는 다른 사람 같았고, 지금 자신의 눈앞에 있는 사람은 누구일까? 그런 황당무계한 의혹이 머릿속을 빙글빙글 맴돌았다.

"서, 설마……, 그런 농담……."

"내 말, 농담 아니야."

유타로는 눈을 가늘게 뜨고 웃었다. 날카로운 송곳니가 둔탁하게 빛났다.

"마나부. 아저씨가 죽기를 원하지 않는다면 나랑 여기서 살아. 이곳이 싫으면 둘이서 고향에 있는 저택으로 돌아가도 좋아. 어차피 하코네는 아버지의 요양을 위해 이주한 거니까. 고향도 싫으면 가마쿠라나 나스에 있는 다른 별장으로 가도 돼. 다른 저택을 손에 넣어도 되고. 너를 내 전속 하인으로 데려갈 거야. 거처를 옮길 이유라면 얼마든지 갖다 붙일 수 있어."

"그런……, 말도 안 되는……."

"네가 나한테서 멀어지려고 하는 걸 모를 줄 알았어?"

유타로의 예쁘게 생긴 입술이 일그러졌다. 마나부는 그저 눈을 휘둥그레 뜨고 우뚝 선 채 꼼짝 않고 주인을 바라보았다.

"마나부, 안 돼."

"유타로……."

"난 너를 놓지 않을 거야. 무슨 일이 있어도. 방해하는 건 다 없애버릴 거야."

유타로는 '다'라는 말에 힘을 주며 거침없이 고했다.

"그게 설령 네 가족이라도."

마나부의 온몸이 벼락을 맞은 것처럼 경련했다. 그때 마나부가 떠올린 가족은 아버지가 아니라 어머니였다.

'설마 유타로가 우리 어머니를 이 연기 나는 저택에서 사라지게 한 건 아닐까?'

그럴 리가 없는데도 문득 그렇게 생각해버릴 만큼 유타로의 협박은 엄청난 독기를 머금고 있었다.

마나부는 이때만큼 자신의 엉뚱한 상상력을 증오한 적이 없었다. 이런 생각을 해버리다니, 자신은 제정신이 아니다. 자신의 망상에 스스로 전율하는 바보가 있을까?

"마나부. 나와 같이 가겠어?"

마나부는 유타로의 질문에 잠시 대답하지 못하다가 겨우 떨리는 목으로 목소리를 쥐어짜냈다.

"아, 아직……. 조금만 더 생각할 시간을 줘……."

"기다리라고 하면 얼마든지 기다릴게. 하지만 내 말을 잊지 마. 알겠지?"

마치 악몽 같았다. 다정한 유타로가 자신의 아버지를 죽인다니.

마나부는 아버지가 죽임을 당하길 바라지 않았다. 매일 괴롭힘을 당하긴 해도 마나부의 마음은 누군가를 죽일 정도로 증오하지 못했다.

그리고 유타로를 살인자 따위로 만들고 싶지 않았다. 유타로의 말이 농담이 아니라는 건 여태까지 본 적 없는 유타로의 기묘한 얼굴이 증명하고 있었다.

"도망치지 마, 마나부."

마음이 멀어져 가던 마나부의 귀에 유타로의 다정한 목소리가 훅 들어왔다.

"나는 항상 널 보고 있으니까."

유타로

무서운 것이 있다면 보이지 않도록 숨겨버리면 된다.

가장 아름다운 것은 아무것도 존재하지 않는 것이기에.

두리번거리는 눈알도, 꽥꽥거리는 입도, 울퉁불퉁한 주먹도 이제 필요 없다.

내가 지킬게. 모든 것을 지킬게.

그러니까 너는 자고 있어.

또 한 사람

유타로는 점차 자신의 입장도, 존엄도 벗어던져 버린 것처럼 생생한 남자의 얼굴을 드러내게 되었다.

모든 사람에게 뿌리던 태양 같은 미소는 예전 그대로였지만, 방문을 잠그고 마나부와 단둘이 있게 된 순간 유타로는 말과 행동이 싹 바뀌었다.

"마나부. 오늘은 안 맞았어?"

"괜찮아……. 괜찮아."

"봐줄 테니까 옷 벗어."

여전히 얼굴에는 미소가 띠어있었지만 예전에는 없던 위압감을 동반한 목소리가 마나부를 단순한 꼭두각시로 만들어버렸다.

마나부가 느릿느릿 옷을 벗고 훈도시[3)]만 입은 차림이 되자, 유타로는 그의 살갗을 꼼꼼히 관찰했다. 집어삼킬 것처럼 너무나도 뜨거운 그 시선에, 마나부는 항상 불에 그슬리는 듯한 기분이 들었다.

"정말이지, 이렇게 가늘고 약한 몸을 아프게 하다니, 그 아저씨는 역시 이상해."

유타로의 뜨거운 손이 찰싹 닿자, 마나부의 심장은 폭풍처럼 고동치기 시작했다.

"네 피부는 정말 예쁘다. 이런 피부는 다른 데서 만져본 적도 없어."

"옛날부터……, 만졌잖아?"

"물론 그랬지만. 어릴 적이라면 또 몰라도, 스무 살을 넘어도 이렇잖아. 도저히 남자 피부라고는 생각할 수 없어."

유타로는 아래턱부터 목덜미, 쇄골을 훑더니 배꼽 주변까지 손가락을 뻗어 양쪽 다리를 천천히 쓰다듬어 올리고는, 폭력의 흔적이 없음을 납득했는지 조금 아쉽다는 듯이 그의 피부를 부드럽게 주무르며 "옷 입어도 돼."라며 겨우 허락했다.

"어머니가 한탄하셨어. 마나부가 여자였다면 신분이 신분이니 결혼은 힘들어도 첩 정도로는 삼아서 아이를 낳게 할 텐데, 하고."

유타로는 소파에 털썩 앉아 담배를 피우면서 눈을 가늘게 뜨고 보랏빛 연기를 피웠다. 그런 이야기는 처음 들은 마나부는 백작 부인이 자신들이 이미 평범한 친구 이상의 관계라는 사실을 깨달았음을 알아채고 얼굴을 붉혔다.

---

3 훈도시: 남자의 국부를 가리는 데 쓰는 일본의 전통 속옷.

"나는 마나부가 여자든 남자든 상관없어. 네가 내 것으로 있어 주기만 하면 그걸로 만족해."

마나부가 옷을 다 입자, 이쪽으로 오라고 하며 담배를 재떨이에 눌러 끄고 긴 팔을 벌렸다

비틀비틀 다가온 마나부의 팔을 당겨서 넓은 가슴에 끌어안은 강한 힘은 여태까지 보다도 훨씬 난폭했다.

발작한 것처럼 미친 듯이 마나부의 입술을 빤 다음, 가슴에 끌어안고 뺨을 비비더니 한숨을 휴우 쉬고는,

"마나부, 옷을 벗겨서 미안해. 난 결코 널 비참한 꼴로 만들려고 이러는 게 아니야."

이번에는 간살스러운 목소리로 마나부의 비위를 맞추려 했다.

유타로는 확실히 정서가 불안정한 상태였다. 마나부를 알몸으로 만들어서까지 난폭한 짓을 당하지 않았나 확인하는 집념을 보여준 직후에 그 행동을 후회하듯 마나부를 끌어안고 사과했다.

"있잖아, 마나부. 어째서 나한테서 떨어지려고 했어? 여자라도 생겼어?"

"그건……, 그런 건 말도 안 돼. 전에도 좋아하는 사람 따윈 없다고 말했잖아."

"그럼 어째서?"

유타로는 질투에 미친 여자처럼 끈덕진 말투로 더 끈질기게 추궁했다.

"내가 싫어졌어?"

"그렇지 않아."

"떨어지려고 한 이유가 달리 짐작 가지 않아."

"그러니까 난……."

마나부는 그저 유타로가 결혼을 하길 원했다. 자신 때문에 평생 독신을 관철할 생각이라는 말을 들었을 때, 마나부는 기겁했다. 너무 가까운 자신들의 관계가 유타로를 이상하게 만들어 버렸다는 생각이 들었다. 그래서 거리를 두려고 했다.

"난 그저 네가 멀쩡한 길을 걷기를 바라서……."

"내가 너 없는 인생을 똑바로 걸을 수 있다고 생각했어?"

"난 없어지지 않아. 줄곧 네 곁에 있을 거라고 말했잖아."

"같은 말이야. 네 말은 하인으로서 곁에 있겠다는 뜻이잖아? 그럼 싫어. 여태까지처럼 내 유일무이한 존재로 있어 주지 않으면 안 돼."

마나부는 자신이 조금이라도 거리를 두려고 했던 일이 이 정도로 유타로를 바꾸고 말았음에 전율했다. 자신이 참으로 어리석었다고 후회했다.

'하지만 다른 어떤 방법이 있다는 거야? 내가 이 저택에서 도망치면 유타로는 분명히 무슨 수를 써서라도 찾아낼 테고, 무엇보다 아버지도 걱정돼…….'

이미 요시오는 인질이었다. 유타로는 마나부를 요시오로부터 지키기 위해, 마나부는 유타로로부터 요시오를 지키기 위해 이 기묘한 무대에서 서로를 노려보고 있는 것이었다.

"마나부가 날 정말로 필요하다고 생각하게 하려면 어떻게 해야 좋을까……."

유타로는 마나부에게 말을 거는 건지 혼잣말인지 판별할 수 없는 모습으로 무슨 말을 중얼거리고 있었다.

"역시 진짜 내 것으로 만들어버리는 방법 말고는 없겠지……."

그가 고민하며 아무렇지도 않게 뱉은 말로 인해 마나부의 피부에 오싹 소름이 돋았다. 그 말이 대체 무슨 뜻인지 무서워서 물어볼 수도 없었다.

마나부는 유타로가 만일의 행동에 나서지 않도록 지금까지 없었을 정도로 세심한 주의를 기울이며 아버지 요시오를 대했다.

기분 나빠하지 않도록. 쓸데없는 말을 하지 않도록. 그림자처럼 조용히, 공기처럼 존재감을 가볍게 만들어 요시오의 신경을 건드리지 않도록 죽은 듯이 생활하고 있었다.

그런 이유로 요 며칠 동안 마나부는 신기할 정도로 아버지의 폭력을 당하지 않았다. 하지만 이건 마치 얇은 얼음 위를 조심조심 밟으며 걸어가는 것처럼 극도의 긴장을 요하는 일이었다. 마나부는 그날그날의 피로로 인해 보다 한층 창백하고 애처로워져선, 유타로가 하는 대로 그의 가슴에 쓰러져 몸을 기댔다.

요새 유타로는 마나부가 도망칠까 봐 두려운지 회사에서도 일찍 돌아왔다. 그리고 마나부를 평소처럼 불러 단둘이 방에 틀어박힌 채 몸을 검사하고 저녁 시간까지 이렇게 품 안에 마나부를 가두고 시간을 보내는 게 어느새 관례가 되어 있었다.

문득 문을 노크하는 소리가 울려 퍼졌다. 유타로는 마나부를 껴안은 채 "누구지?" 하고 물었다.

"나다, 유타로."

대답한 사람은 유타로의 모친인 아사코 부인이었다. 하지만 유타로는 모친에게도 이 한때를 방해했다는 불쾌함을 숨기지 않고 난폭한 태도를 보였다.

"무슨 일이시죠? 저녁 시간까지 내버려 두라고 말씀드렸을 텐데요."

"아버님이 방금 돌아오셔서 널 부르고 계신단다."

"나중에는 안 되나요?"

"무슨 말을 하는 거니? 어서 가렴."

문고리를 돌리는 소리가 났지만, 문이 잠겨 있음을 깨달은 부인이 문 건너편에서 한숨을 쉬었다.

"이 문, 열으렴."

"……알겠습니다. 지금 갈게요."

유타로는 혀를 작게 차더니 마나부의 뺨에 입을 맞춘 다음, 일어나서 문 쪽으로 다가갔다.

"자, 빨리 가렴. 아버님이 서재에서 기다리셔."

문을 열어젖히자, 부인은 유타로를 재촉하며 벌레라도 씹은 듯한 표정으로 아들을 방에서 쫓아내고 말았다.

거북함을 느낀 마나부는 부인에게 고개를 숙여 인사를 하고는 자신도 복도로 나가려고 했다.

그러자 부인은 가는 길을 막았다. 깜짝 놀란 마나부의 시선이 침착하지 못하게 흔들렸다.

"기다리렴. 너한테도 할 말이 있단다."

"네……? 저, 저한테 말씀이세요?"

"응. 요새 너도 제멋대로 구는 유타로와 어울리게 되는 바람에 곤란하지?"

"아, 아니요, 그……."

"솔직하게 말해도 괜찮아. 유타로는 요새 들떠 있는 데다 왠지 상태가 좀 이상하니까."

역시 아사코 부인은 날카로운 직감을 가지고 있는 것 같다. 유타로는 마나부와 이 방으로 들어오기 전까지 얼핏 보면 아무 변화도 없는 것처럼 보였다. 하지만 모친의 눈은 속일 수 없었던 것일까?

"저……, 유타로 님께서 어디가 이상하신가요……?"

마나부는 청초하고 아름다운 용모를 가진 부인에게 어쩔 줄 몰라 하며 작은 소리로 물었다.

부인은 옷깃을 여미며 한숨을 휴우 쉬더니, 마나부의 얼굴을 똑바로 쳐다보았다.

"아니……, 너라면 이미 유타로한테서 들었을지도 모르지만, 유타로는 맞선을 볼 예정이었단다."

마나부는 주뼛거리며 고개를 끄덕였다. 유타로에게서 들은 건 아니지만, 결과적으로는 마찬가지였다.

"상대는 거래처 회사 딸. 그런데도 유타로는 갑자기 만나지 않겠다고 하지 뭐야."

"네……? 그럴 수가."

만나기만 한다고 했던 유타로가 설마 맞선조차도 취소해 버렸다는 건가? 회사의 불이익이 될 게 분명한데도 지금은 그런 냉정한 판단마저 하지 못하게 된 것이다.

"백작님도 나도 무척 난처하단다. 요전까지는 만나기로 이야기했는데 갑자기 마음이 변했다는 둥, 대체 무슨 일이 있었는지 넌 모르니?"

마나부는 고개를 저을 수밖에 없었다. 유타로가 갑자기 변한 이유를 도저히 그의 모친에게 이야기할 수는 없었다.

아사코 부인은 마나부의 거짓말을 꿰뚫어 보는 듯 가만히 그 얼굴에 시선을 보내더니, 또다시 한숨을 휴우 내쉬었다.

"정말로 그 아이를 잘 모르겠어……. 어째서 널 그렇게나 마음에 들어 하는 걸까? 뭐, 이제 와서 해도 소용없는 이야기지만……."

부인도 어딘가 당혹스러워하는 듯 보였다. 벌써 40은 넘었겠지만 그렇게는 보이지 않는 젊고 아름다운 눈가에도 살짝 피로의 기색이 비치고 있었다. 이미 정해졌던 맞선 이야기를 거부당했으니 사업적으로도 좋지 않을 것이 분명할 테니, 피곤하기도 할 것이다.

"의논 좀 하고 싶은데……, 네가 유타로에게 맞선을 보도록 말 좀 해주지 않겠니?"

부인의 떠보는 듯한 말에 마나부의 몸이 움츠러들었다. 그런 일은 현재 상황을 생각해도 불가능했다.

"아니요……, 그렇게는, 죄송합니다……."

"어머나……. 네가 하는 말이라면 유타로도 들을지도 모른다고 생각했는데."

마나부는 고개를 가로저었다. 그런 짓을 하면 완전히 역효과가 날 것이다. 유타로가 맞선을 보지 않을 거라는 이야기도 몰랐는데 유타로에게 맞선을 보라고 말하다니, 불에 기름을 붓는 꼴이었다.

부인은 억지로 시키지 않고 그저 아쉽다는 듯 "어쩔 수 없지." 하고 중얼거렸다.

"그건 그렇고, 너는 내일 고향 본가로 돌아가렴."

"네……? 고향, 말씀이세요?"

"응, 그래."

너무 생각지도 못한 지시였다. 아사코 부인은 멍하니 있는 마나부에게 시선을 주더니 "그렇게 놀랄 일이야?" 하고 살짝 웃었다.

"네 아버지는 이곳에 남게 할 거란다. 너만 잠깐 그쪽에 돌아가 줘. 중요한 손님이 오셔서 조그맣게 야회를 열 거야. 일손이 부족해서 이쪽에서도 몇 명 보내기로 했어. 너는 주방 일도 할 수 있잖아? 아마 사흘 동안은 무척이나 바빠질 테니까 그렇게 알고 있으렴."

"네……. 알겠습니다."

마나부는 아사코의 명령에 내심 춤추며 기뻐했다.

'아버지한테서 떨어질 수 있어! 게다가 유타로한테서도……. 잠깐 동안이라고 해도 나에게는 구원이 될거야!'

"이 일은 유타로한테는 비밀이란다. 말하면 널 고향으로 보내는 걸 절대 허락하지 않을 테니까."

마나부는 고개를 끄덕였다. 지금 꽤나 신경질적인 유타로가 만약 나중에 이 일을 알면 미친 듯이 화를 낼지도 모른다. 하지만 이건 부인의 지시이니, 설마 모친을 상대로 그런 억지스러운 짓은 하지 않을 것이다.

마나부는 전에 없이 들뜬 상태로 이날의 잡무를 끝내고 고용인들이 사는 방으로 돌아갔다. 한순간이긴 하지만 긴장에서 해방되어 그날 밤에는 항상 잘 남기던 밥도 한 그릇 가득 먹었다.

요시오는 그런 아들을 수상한 눈빛으로 바라보았다.

"마나부, 무슨 일 있냐? 엄청 기분이 좋아 보이는구나."

"그런가요?"

"보기 드물게 밥도 제대로 먹었잖아."

"저, 마님이 내일부터 고향에 있는 저택에 며칠 동안 가 있으라고 하셨어요. 바빠질 테니 힘을 보태라고 하시더라고요."

"고향에 있는 저택이라고?"

"손님이 오셔서 야회를 연다나 봐요."

"흐음……, 그렇군."

요시오는 시시하다는 표정으로 술을 마셨다.

이 저택에서도 가끔 작은 연회를 연다. 그러나 원래 백작의 요양을 위해 이주한 곳이라 고향에 있는 저택보다도 작고, 많은 인원수를 부를 만한 구조가 아니다. 그렇기 때문에 연회라고 해도 친한 친구나 친척을 불러서 환담을 하는 정도였다.

일부러 고향에서 야회를 여는 거라면 평소보다도 규모가 클 것이다. 연회를 더 성대하게 열려면 제국 호텔이나 다른 어디를 대절하겠지만, 그 정도까지는 아닌가 보다.

“나도 본가로 돌아가고 싶다. 이 저택은 왠지 항상 안개에 뒤덮인 데다 짜증스러워서 있지를 못하겠단 말이지.”

“고작 2, 3일이에요. 저도 바로 돌아올게요…….”

“으웩. 너 같은 게 간다고 한들 변변한 도움도 안 될 텐데.”

“맞아요……. 적어도 방해가 되지 않도록 열심히 일하고 올게요.”

“음, 그 말투는 뭐냐?”

오랜만에 듣는 언짢은 아버지의 목소리였다.

“저쪽에서 부른 네가 쓸모없는 놈이라면, 부르지도 않은 나는 그 이상으로 쓸모없는 놈이라는 거잖아? 아니냐?”

“그, 그런 뜻이 아니에요.”

마나부는 새파랗게 질렸다. 이건 이미 나쁜 징조였다. 눈이 충혈되기 시작한 요시오에게는 이제 무슨 말을 해도 통하지 않는다. 마나부는 자신의 실수를 깨달았지만 이미 늦었다.

“나도 이런 곳에서 뛰쳐나가 버리고 싶다고. 그런데 뭐야, 덜떨어진 네놈이 먼저 나가는 거냐!”

“아니에요, 아버지. 저는 꼭 돌아올 거예요.”

“시끄러워!”

요시오가 소리를 지르며 뒤집어엎은 찻종이 마나부에게 튀었다.

둔탁한 소리와 함께 마나부의 의식이 암전했다.

*　　*　　*

바람처럼 불며 지나갈 듯한 청색이 어디까지고 이어질 것 같은 초여름의 상쾌한 하늘이었다. 오랫동안 연기 나는 저택에서 지냈던 마나부는 꽤 오랜만에 맑게 갠 하늘을 본 기분이 들었다.

다음 날, 마나부는 고향의 본가로 돌아갔다.

맞은 왼쪽 뺨이 부어서 욱신거렸다. 얼굴만이 아니라 온몸이 삐걱대듯이 비명을 질렀다. 여느 때와 마찬가지로 정신을 잃고 기억도 없는 마나부는 이미 요시오가 나간 방에서 깨어나 뺨의 통증을 깨닫고 황급히 뺨을 식혔지만, 부기를 가라앉힐 수는 없었다. 유타로에게 들키지 않도록 다른 고용인들과 함께 살금살금 연기 나는 저택을 나갔지만, 시간이 지나자 점점 왼쪽 뺨이 부풀어 올랐다.

설마 요시오 본인이 유타로에게 아들을 때렸다며 말을 할 리도 없고, 이 부기는 적어도 내일이면 빠질 테니 분명히 어젯밤 일은 유타로가 모르고 넘어갈 거라 생각했다.

'고향에 있는 저택으로 가게 되어서 정말 다행이야. 만약 유타로가 내 얼굴을 보고 만다면 분명히…….'

── 다음에 아저씨가 네게 폭력을 휘두르면, 내가 죽일 거야.

유타로의 낮은 목소리가 되살아났다. 마나부는 저도 모르게 몸을 떨며 들고 있던 은식기를 떨어뜨릴 뻔했다.

"마나부 좀 괜찮니?"

옆에서 함께 은식기를 닦고 있던, 하코네에서 같이 온 고참 하녀 테루코가 마나부의 상태가 위태로운 것을 보고 눈살을 찌푸렸다.

"여기 급사장은 하코네에 있는 쿠로다 님보다도 잔소리가 심해. 고작 은식기를 닦는 것 가지고도 몇 번이나 다시 하라고 시킨 적도 있거든."

"죄, 죄송합니다……."

"어머나, 얼굴도 엄청 부었네……. 그 영감도 어떻게 좀 안 되려나."

테루코는 마나부네 부자의 사정을 알기 때문에, 방관의 입장으로 있길 작정했다고는 해도 마나부를 동정했다. 일찍이 나가버린 마나부의 모친과도 친한 사이였던 듯하나, 그녀가 사랑의 도피를 저지른 일에 대해서는 당시에 무척 화를 냈다고 한다. 단, 테루코뿐만 아니라 고용인 모두가 불륜 관계였던 두 사람에게는 비판적이었다. 이미 두 사람 사이는 소문이 나 있어서 주변에서는 관계를 정리하라고 충고했으며, 아버지는 미쳐 날뛰면서 밤마다 어머니의 머리를 잡아당기며 고용인이 사는 건물 안을 질질 끌고 돌아다녔다.

"차라리 너만 이쪽에서 계속 일하면 어떨까? 돌아가면 또 좋은 일 하나 없을 거야."

"네, 하지만……, 며칠 동안이라고 하셨으니까요."

"아아, 게다가 유타로 님과 떨어지게 되니까 외롭지? 마나부."

"아, 아니에요, 괜찮아요……."

뜬금없이 유타로의 이름이 언급되는 바람에 마나부의 손 움직임이 또다시 어색해졌다.

테루코는 그것을 알아채지 못한 채 그립다는 듯 옛날이야기를 하기 시작했다.

"너와 유타로 님은 정말 사이가 좋았으니까……. 나이가 비슷한 아이가 주변에 없어서 유타로 님도 네가 태어나서 기뻐셨을 거야. 네 엄마가 나가버렸을 때도 말이지. 유타로 님께서 마나부를 데리고 가지 말아 달라며 직접 부탁하셨나 보더구나."

"네……?"

"어머. 몰랐어?"

테루코는 쓸데없는 말을 하고 말았다며 두꺼운 목을 움츠렸다.

'유타로가 날 데리고 가지 말라고 어머니께 말한 거야?'

그렇다면 사실 어머니는 마나부를 데리고 갈 생각이었다는 걸까?

어머니에게 아버지와 함께 버려졌다고 생각했던 마나부는 구원받은 기분이 들었다. 하지만 일반적으로 생각하면 남자와 도망치는 데 아들은 방해가 되니 놓고 가는 편이 자연스럽다고 생각했다. 유타로가 어머니께 부탁할 것까지도 없이 놓고 가지 않았을까?

마나부는 이제 거의 사라져 가는 어머니의 흔적을 눈꺼풀 안에서 그리면서 오랜만에 어머니 생각을 했다.

사랑의 도피를 했으니 당연한 일이지만, 어머니는 나가버린 이후로는 전혀 소식이 없었다. 지금쯤 어디서 뭘 하고 있을까? 그 남자와 무사히 부부가 되었을까?

마나부는 이제 와서 그런 생각을 하는 자신을 이상하게 여겼다.

'생각해보면 어머니가 나가버리고 나서도 외롭다고 생각했던 건 아주 짧은 기간뿐이었어……. 유타로가 줄곧 함께 있어 주었기에 난 그다지 고독을 느낀 적이 없었어.'

지금이 어쨌든, 유타로가 마나부를 구원해주고 있었던 건 분명했다. 마나부는 그런 식으로 생각하니 갑자기 유타로가 그리워지는 자신이 정말 속물이라고 느꼈다. 어제는 조금이라도 떨어져 있을 수 있다는 걸 알고 기뻐하기조차 했는데.

'나도 역시 유타로의 곁에 있고 싶어…….'

이대로 유타로와 떨어져 지내보는 상상을 해봤지만 참으로 공허하고 시시한 데다 아무런 미래도 그릴 수 없음을 깨달았다. 연기 나는 저택에 있을 때조차 유타로가 없을 때는 쥐색 벽과 어두운 색의 커튼, 그리고 음울하고 갑갑한 천장으로 이루어진 세계처럼 보이던 것이, 그가 돌아오기만 하면 저택이 산뜻하고 화려하게 변모하는 것처럼 보였다.

그건 마나부의 눈이 유타로 이외의 존재가 띤 색을 제대로 식별하지 못하기 때문이며, 유타로가 마나부의 세계 대부분을 차지하고 있다고 해도 과언이 아니었다.

마나부는 유타로의 안에서 자신의 존재가 얼마만큼 컸는지를 알고 놀란 나머지 겁마저 먹었다. 자신의 안에서 유타로의 존재는 그 이상으로 컸던 것이다.

며칠 후, 하얀 피부의 외국인들이 저택으로 왁자지껄 찾아왔다.

담배왕이라 불렸던 무렵의 아카이 가문은 미국 기업 '버처'와 공동으로 사업을 했다. 담배 연구에 열심이었던 백작은 미국까지 건너가서 담배 재배와 제조 공정을 배웠고, 그때 협력을 얻은 기업과 계속 교류를 이어오고 있었다.

오늘 밤에 찾아온 사람은 그 회사 사장과 임원, 그리고 그 가족들이었다.

미국식 상법으로 판매된 아카이상사의 담배는 구미를 동경하는 사람들을 시작으로 많은 대중의 지지를 얻어 날개돋친 듯 팔렸다.

담배는 현재 관영화되었지만, 아카이상사는 이미 다방면으로 사업을 벌여 더없는 영화를 누리고 있었다. 아카이 가문의 재산을 모으는 계기가 된 이 손님들을 대접하기 위해 오늘 밤에는 호사로운 야회가 열리는 것이다.

"어머나, 저기 봐, 부인까지 어쩌면 저렇게 키가 크실까!"

"같은 인간이라고 생각할 수 없어. 정말 멋지다. 피부 하얀 것 좀 봐!"

하녀들 모두가 진기한 외국 손님을 관찰하며 입을 모아 감탄의 목소리를 냈다. 그들은 호화찬란한 야회복으로 몸을 감쌌으며, 그 모습은 평소에 이 저택에서 열리는 야회에 찾아오는 화족 영애나 부유층 부인들의 양장 차림과는 자태가 전혀 달랐다.

마나부도 잡무를 끝내고 급사를 도와주면서 그 모습을 힐끗 보고는,

'양장이라는 건 그야말로 외국인들이 만든 거네. 그들의 몸에 맞게끔, 그들의 몸을 보다 아름답게 보이기 위해 만들어진 거야.'

그런 감상을 품었다.

마나부에게 서양인에 대한 동경은 그다지 없었다. 그러나 이렇게 자국인과 나란히 놓고 보다 보니 과연 육식 인종이라고 할까, 강건한 인상을 받았다. 일본인은 그들에 비하면 작아서 마치 아이처럼 보였다. 최근에 입기 시작한 양장은 입고 있다기보다는 옷이 그들을 입은 느낌이었다.

그러나 그곳에 유일하게 예외가 있었다.

홀에서 손님과 환담을 하는 한 청년 —— 외국인 사이에 섞여도 위화감이 없는 키와 몸집. 평소에는 내리고 있던 머리도 기름으로 뒤로 쓸어 넘기고는 연미복 차림을 하고 곧게 등을 편 채 넋을 잃고 볼 정도로 아름답게 서 있는 모습.

'유타로…….'

양장이 어울리는 건 알았지만, 이렇게 방관의 시점에서 바라보니 유타로의 몸은 일본인과 매우 동떨어져 있었다. 외국어를 가뿐히 구사하며 그들을 대접하는 모습에는 이미 저택의 주인다운 풍격이 있었다.

그에 반해 가문이 새겨진 멋진 검은색 하오리[4]와 하카마를 입고, 입가에 검은 수염을 풍성하게 기른 채 옆에서 너그럽게 미소 짓고 있는 부친 아카이 백작은 오히려 서양인들 속에서 일본인의 품격과 정서를 느끼게 하는 풍아한 모습이었다.

아사코 부인도 단아한 검정색 비단 천에 소매에는 눈부시고 선명한 꽃과 나비 무늬가 있는 기모노를 두르고, 윤기가 흐르는 검은 머리를 말아 올린 트레머리에 바다거북의 등껍질로 만든 비녀를 꽂은 채 기품이 흐르는 동작으로 손님들에게 인사를 돌고 있었다.

'어쩜 저렇게 멋지고 아름다운 사람들이 있을까…….'

이들이 자신들이 섬기는 주인인 것이다. 서양인들에게도 당당한 태도로 결코 주눅 들지 않고 초대한 입장으로서의 위엄을 지키며 모자르는 것도 넘치는 것도 없이 멋지게 주도하고 있었다.

구미를 따라잡고 앞지르려는 노도의 기세로 서구화를 향해 돌진하는 기풍과, 그에 반발하여 옛 일본의 정신으로 돌아가려는 논조가 서로 싸우는 이 다이쇼[5]라는 시대에서 그들은 확고하며 안정되게 자리를 잡은 것처럼 느껴졌다.

"마나부, 잠깐 이쪽 좀 도와주렴."

저도 모르게 넋을 잃고 말았던 마나부는 테루코의 목소리에 제 정신으로 돌아왔다.

손짓으로 부르는 테루코에게 다가가자, 그녀는 하녀장의 눈을

---

4 하오리: 기모노 위에 입는 짧은 겉옷.
5 다이쇼 시대: 1912년~1926년

피해 마나부를 기둥 뒤로 잡아끌었다.

"마나부, 진정하고 잘 들어."

테루코는 놀라는 마나부를 향해 주변의 눈치를 보듯 목소리를 죽이고는 낮게 속삭였다.

"네 아버지 말이야, 지금 없어졌나 봐."

"네……?"

마나부는 그렇게 목소리를 내자마자 바로 말이 막혔다.

"조금 전에 하코네에서 온 하녀한테서 들었어. 우리가 하코네 저택을 나온 날에는 이미 모습이 보이지 않았다고 하더라. 아침부터 어디 간 건가 싶었는데, 벌써 사흘이나 지났는데도 안 돌아왔나 봐."

마나부는 아무 대답도 하지 못했다.

'설마……, 아니, 그럴 리가 없어. 내가 밤에 맞은 일을 유타로는 모를 텐데. 얼굴이 부은 건 들키지 않은 데다 아무한테도 말 안 했어……. 물론 같은 건물에 사는 사람들은 알고 있겠지만, 유타로에게 일러바칠 사람도 없어. 그런데 어째서…….'

"걱정되지? 그 마음 알아. 그래도 분명히 괜찮을 거야."

테루코는 말을 잃은 마나부가 아버지의 실종에 동요한 줄 알고 동정하는 표정으로 몇 번이나 고개를 끄덕였다.

"그 사람은 그 저택에서 일하는 걸 줄곧 싫어했잖아. 잠깐 마가 껴서 훌쩍 나가버렸을 뿐이야. 분명히 조만간 돌아올 테니, 괜찮아."

아마 그 정보를 들고 온 하녀는 이 일을 아직 마나부에게는 비밀로 해 두려고 생각했을 것이다. 아직 한창 바쁜 때라서 마나부를 혼란스럽게 하고 싶지 않았던 건 아닐까? 하지만 소문을 좋아하는 하녀들의 입을 막을 수는 없다. 테루코는 테루코 대로 마나부를 걱정하여 조금이라도 빨리 이 일을 알려주려고 생각했음이 틀림없다.

'아버지는……, 정말로 어딘가로 갔을 뿐일까……?'

모르겠다. 설마 어머니처럼 여자와 사랑의 도피라도 했을까? 하지만 그런 기색은 전혀 없었다. 아버지는 매일 일을 끝낸 후에는 바로 방으로 돌아와 술을 마셨고, 만약 그런 일이 있다면 고용인들이 사는 좁은 건물에서는 바로 알아차렸을 것이다. 어머니도 그랬으니까.

'아니면 설마……, 정말로 유타로가…….'

홀에서 악단이 왈츠를 연주하는 소리가 났다. 잘 차려입은 신사숙녀들이 그 음악에 맞춰 장기 말처럼 빙글빙글 춤을 추면서 다들 빨간 입술에 웃음을 띄운 채 하얀 이를 드러내며 우아한 미소를 나누고 있었다.

유타로도 여성 손님을 상대로 화려한 스텝을 밟고 있었다.

'저런 멋진 사람이 우리 아버지를 그 손으로 죽였다고……? 아니, 말도 안 돼, 설마.'

마나부는 유타로가 밤중에 고용인이 사는 건물로 몰래 들어와서는, 정신을 잃은 마나부의 옆에서 코를 골며 자고 있는 요시오의 목을 그 튼튼한 손으로 조르는 모습을 상상했다. 상상 속에서 요시오는 숨이 막혀 잠에서 깼지만, 취기 때문에 제대로 저항하지도 못하고 유타로의 다부진 몸에 온몸이 깔린 채 꼼짝도 하지 못했다. 보랏빛으로 부풀어 오른 얼굴을 일그러뜨리면서 충혈된 눈을 부릅뜨고, 입가에서 하얀 거품을 뿜으며 한동안 발버둥 친 뒤 숨을 거두었다. 유타로는 요시오가 숨이 끊어진 지 확인하고는, 마나부를 깨우지 않고자 살며시 발소리를 죽이고 시체를 건물에서 들고 사라졌다. 달빛에 비친 그 옆얼굴은 조금 전에 살인을 저질렀다고는 생각할 수 없을 정도로 냉정했고…….

'아니, 아니야……, 아니야! 그럴 리가 없어!'

"잠깐, 마나부…… 왜 그래?"

마나부가 필사적으로 자신의 망상을 차단하고자 머리를 끌어 안고는, 세차게 고개를 가로저었다.

그러자 급속하게 뇌수 안이 마비되고, 눈이 침침해지고, 다리가 저리면서 시야가 흔들리며 기울었다. 악단의 연주가 머리 위에서 소용돌이치면서 마나부의 주변을 둘러싸고 태풍처럼 휘몰아쳤다. 유타로의 창백한 얼굴과 흙빛을 띤 채 움직이지 않는 요시오의 몸. 문득 맞은 왼쪽 뺨의 통증이 신경을 관통하듯 되살아난 나머지, 마나부는 가녀린 신음을 냈다.

"마나부, 잠깐, 마나부!"

테루코의 당황한 목소리가 들렸다.

그 목소리가 급속도로 멀어져 갔고, 마나부는 이미 익숙해져버린 의식의 소실이 또다시 자신의 몸에 일어났음을 짐작했다.

*　　*　　*

── 어머니. 어머니는 어디 가셨어요?

아버지에게 그렇게 물어본 순간, 마나부는 맞았다.

아버지는 엄격하고 성질이 급해서 바로 손이 나가긴 했지만, 그러는 데는 항상 이유가 있었다. 마나부가 실례를 해버리거나, 아버지의 마음에 들지 않는 말을 입에 담거나 할 때였다.

하지만 지금은 모습이 보이지 않는 어머니의 소재를 물었을 뿐인데, 어째서 아버지에게 맞은 건지 마나부는 전혀 알지 못했다.

── 네 엄마는 여기서 나가버렸단다.

보다 못한 옆방에 사는 늙은 시종이 다다미 바닥에 무릎을 꿇고 마나부와 시선을 맞추며 불쌍하다는 듯 그렇게 말했다.

── 나가버리다니, 어디로 갔어?

── 글쎄, 모르겠구나.

── 이제 안 와?

── 그래. 이제 네 엄마는 없어.

그때 마나부는 엄마가 나가버린 이유 따윈 전혀 몰랐고, 이제 돌아오지 않는 이유도 몰랐다. 그저 어머니가 자신의 곁에 없다는 사실이 무척이나 슬프고 외로웠다.

아버지 요시오는 그 이후로 예전보다 한층 더 난폭해졌고, 밤마다 술을 마시며 도깨비처럼 새빨간 얼굴로 곧잘 혼잣말을 하게 되었다. 그리고 마나부를 때리며 울분을 풀게 되었다.

── 마나부. 괜찮아? 아파?

그런 마나부를 항상 걱정해준 사람은 주인인 유타로였다.

── 힘든일이 있으면 언제든지 말해. 내가 뭐든 해줄 테니까.

── 응. 고마워.

마나부는 유타로가 자신 같은 아이를 신경 써주는 게 그저 기뻐서 유타로를 되도록 걱정시키지 않도록 맞아도, 발길질을 당해도 다음 날에는 아무렇지 않은 척 일했다.

들키면 안 되니까. 숨겨야만 하니까. 아무것도 느끼지 않도록 되어야만 하니까. 모두에게, 유타로에게 폐가 되니까.

마나부는 그런 식으로 자신을 가두기 시작하는 사이에 정말로 아버지의 폭력을 거의 기억하지 않게 되었다.

마치 이 저택을 덮은 안개가 마나부의 마음을 감춰주듯이. 하얗고 짙은 안개가, 연기 나는 저택이 마나부의 기억 한 부분을 보이지 않도록 살며시 가리듯이.

새가 날갯짓하는 듯한 소리를 들은 듯한 마나부는 눈을 살짝 떴다.

그러자 자신이 캐노피 침대에 눕혀 있음을 깨닫고 넓은 서양식 방을 둘러보자, 어딘가 그리운 감정에 사로잡혔다.

조용히 문이 스윽 열리더니, 누가 들어왔다.

"아……, 마나부, 정신이 들어?"

"유타로……."

황급히 몸을 일으키려 하자, 유타로는 아직 누워 있으라면서 다정하게 어깨를 되밀었다.

'맞아……. 여기는 유타로의 방이야.'

하코네에 있는 별장으로 이사 하기 전까지 이곳에서 둘이서 자주 놀았다. 기억에 있는 방과 조금 다르다고 느끼는 건 역시 10년 전과 지금은 보이는 세계가 다르기 때문이다.

"나……, 정신을 잃었어?"

"그래. 걱정했다고. 옆에 있던 테루코 씨가 엄청 당황하던데? 자기 탓이라며 울 것 같은 얼굴을 하더라."

그러고 보니 정신을 잃기 직전에 테루코의 비명이 들렸던 것 같다. 마나부는 미안한 짓을 저질렀다는 생각에 자신이 부끄러워졌다. 정말로 왜 이렇게나 쉽게 의식을 놓고 마는 걸까? 역시 자신에게는 뭔가 심각한 결함이 있다고밖에 생각되지 않았다.

유타로는 침대 옆에 있는 탁자에 들고 온 그릇을 놓았다.

"좀 마셔봐."

그러더니 하얀 김이 나는 컵을 내밀며 천천히 몸을 일으키고는, 등에 베개를 대었다. 입을 대보니 브랜디를 넣어 향이 짙고 풍부한 홍차였다. 마나부는 알코올에 약하기 때문에 고작 몇 방울만 넣어도 한 입 마시고 나면 몸속에 불이 훅 붙은 것처럼 따뜻한 기분이 들었다.

"미안해……. 이렇게 바쁠 때……. 게다가 네 방에서 이렇게 있어서……."

"그런 건 신경 쓰지 마. 이미 야회는 끝났어. 손님도 다 돌아갔고. 게다가 네가 쓰러졌을 때 내가 바로 달려가서 여기로 옮긴 덕분에 그들의 눈에 보이지 않아서 큰 소동이 되진 않았어."

"유타로가……? 분명 넌 춤을 추고 있지 않았어……?"

"말했잖아? 난 항상 너를 보고 있다고."

그 말은 즉, 마나부가 줄곧 꿈을 꾸는 듯한 눈으로 아카이 일가를 바라보던 것도 알고 있었다는 걸까? 무례하게 관찰하던 사실을 들켰다고 생각하자, 마나부는 뺨이 뜨거워짐을 느꼈다.

"네 아버지 일, 들었구나?"

단도직입으로 묻는 말에 마나부는 얼버무리지도 못하고 어색하게 고개를 끄덕였다. 유타로는 "역시 그랬군." 하고 중얼거리더니 묘한 표정을 지으며 마나부를 보았다.

"네가 무슨 상상을 했는지는 알겠어……. 천지신명께 맹세하고 말하는데, 난 아무 짓도 안 했어."

"마, 말도 안 돼. 난 네가 무슨 짓을 했다고는……."

"나도 멍청하진 않다고. 네게 내가 무슨 말을 했는지 안 잊었어."

확실히 유타로는 마나부에게 "네 아버지를 죽일 것이다."라고 말했다. 그 후에 실제로 아버지의 모습이 보이지 않게 되고 말았으니, 마나부가 유타로를 의심하는 것도 자연스러운 일이었다.

"네가 여기로 이동한 날, 아무리 지나도 네 아버지가 나타나지 않아서 다른 고용인들이 허둥대기 시작했어. 처음에는 뭔가 착각해선 아들과 함께 고향으로 가버렸을지도 모른다고 생각했어. 하지만 오후가 되어서 연락을 넣어보니 고향에도 없다는 거야. 그래 봬도 네 아버지는 착실하니까 일을 게을리한 적은 여태까지 없었어. 그래서 이 연회를 끝내고 저쪽으로 돌아가면 경찰에 수색원을 제출할 예정이야."

"수색원……."

사람이 없어지면 찾는 건 당연한 일이다. 그러나 마나부의 머리에서는 경찰에 부탁한다는 생각 따윈 완전히 결여된 상태였다. 오히려 경찰 같은 데 가면 안 된다고 믿고 있었다.

'경찰 같은 데 가면 유타로가 의심받을지도 몰라……. 나는 물론 유타로가 불리해지는 말 따윈 하지 않을 거지만……, 만약에 무슨 증거라도 남아 있으면……, 유타로가 체포되기라도 하면 …….'

마나부의 머리에는 전에 상상했던 유타로가 요시오를 죽이는 장면이 아직 생생하게 재생되고 있었다.

그러나 만일 유타로가 정말로 요시오를 죽였다고 한들, 맨손으로 교살하는 야만적인 수법을 쓸까? 그러나 칼 같은 것을 쓰면 혈흔이 남는다. 도구로 때리면 큰 소리가 난다. 무엇이든 완벽하게 해내고 마는 유타로이기에 분명히 자신의 상상으로는 도저히 미치지 못하는 더 총명하고 정확한 방법을 취하지 않았을까……?

"마나부……, 불쌍해라."

마나부가 멍하니 공상에 빠져 있자, 옆에 앉은 유타로가 그를 끌어안았다.

상쾌한 오드콜로뉴의 향기. 희미하게 나는 유타로의 땀냄새. 울로 된 천이 뺨을 스치는 감촉. 그 아래에서 서서히 전해지는 유타로의 뜨거운 체온.

“너는 정말 혼자가 되고 말았구나…….”

“유타로…….”

“그래도 괜찮아. 괜찮아. 내가 있잖아. 내가 쭉 네 곁에 있을 거니까.”

마나부의 머리를 쓰다듬는 유타로는 어째선지 울 것 같은 표정을 짓고 있었다.

자신이 저지른 죄를 후회하고 있는 걸까? 마나부는 그런 생각이 들었다. 마나부의 안에서 아버지의 실종은 아버지의 죽음과 직결되었으며, 그건 유타로의 손에 의해서가 아니면 있을 수 없는 일이었다.

“마나부, 마나부……, 너는 정말 불쌍해…….”

‘내가 그렇게나 불쌍한가?’

하지만 마나부를 그런 상황에 떨어뜨린 사람은 유타로가 아닌가? 마나부를 지키기 위해 유타로가 몸소 실행에 옮겨준 것이 아닌가? 그런데도 왜 자신을 이렇게 불쌍하다면서 끌어안는 걸까?

‘그건 그렇고, 어째서 유타로는 이렇게 괴로워 보이는 표정을 짓는 걸까……?’

이렇게나 슬픔과 동정의 눈빛으로 마나부를 쳐다보는 유타로는 처음 보았다. 항상 다정하고 자애의 감정이 담긴 따뜻한 시선으로 마나부를 바라보던 유타로가 오늘 밤만은 마나부를 무척이나 동정하고, 사악한 무언가로부터 보호해주려는 듯 필사적이며 비장한 표정을 짓고 있었다.

마나부는 지금도 아직 계속 꿈을 꾸는 듯한 기분으로 자신의 뺨을 감싼 유타로의 손에 자신의 손가락을 가져다 댔다.

"유타로……, 그렇게 슬퍼하지 마."

"마나부……?"

"난 괜찮으니까……. 네가 나를 무척 걱정해주는 건 충분히 알고 있어……. 너에겐 정말로 아무리 감사해도 부족할 정도야."

마나부는 유타로를 바라보았다. 유타로의 눈은 살짝 눈물에 젖어 있었다. 마나부의 가슴은 애절함에 옥죄였다. 유타로가 이런 눈을 하게 만들어버린 건 자신의 죄라는 생각이 들었다.

"나는……, 널 위해 무슨 짓이든 할 거야."

유타로가 자신을 위해 해준 일이니까.

자신을 위해 그 손을 더럽혀 주었으니까.

"내가 할 수 있는 일이라고 해봤자 뻔하지만……, 무슨 일이든 할게……."

그건 마나부와 유타로 사이에서 겨우 끌어왔던 선을 처음으로 넘는 말이었다. 너무나도 농밀한 두 사람의 사이는 도저히 평범한 친구라고는 부를 수 없다는 걸 알면서도, 마나부는 그래도 자신의 입장을 무너뜨리지 않도록 아슬아슬하게 그 관계를 제지하고 있었다.

하지만 지금, 마나부는 그것을 무의미한 짓이라고 판단했다.

'이게 꿈이라면 얼마나 좋을까……. 사실 우리는 이전의 생활을 계속하고 있고, 아버지도 실종되지 않은 데다 유타로도 여전히 태양처럼 빛나고, 나도 아무런 생각도 없이 멋진 사람들을 섬기는 기쁨을 맛볼 수 있는 나날이 이어졌다면 얼마나 행복했을까…….'

지금 이 순간이 꿈이든 현실이든, 마나부는 이상하게 여겨지지 않았다.

이미 오래전부터 꿈을 꾸고 있었던 것 같은 기분이 들었다. 연기 나는 저택으로 오고 나서 어머니가 사라지고, 아버지가 망가지고, 유타로와 사이좋게 지낸 그 나날은 모두 현실이 아닌, 꿈이나 환상이 아닐까? 그렇게 생각한 적이 몇 번이나 있었다.

꿈은 점차 불길함을 띠더니, 마침내 모든 것이 균형을 잃고 무너지기 시작했다.

그렇다면 이제 자신이 주종의 선 따위를 지키고 있다 한들 어쩔 도리가 없었다. 오히려 그렇게 있는 것이야말로 이 짓물러 녹아내려 가는 세계에서는 이상한 일임이 틀림없었다.

마나부의 어깨를 감싼 유타로의 팔에 힘이 들어갔다.

"그렇다면……, 계속 내 곁에 있어 줄래?"

"당연하지."

"나의……, 나의 모든 것을 받아들여 줄래?"

유타로는 뜨거운 눈빛으로 마나부를 보았다. 마나부도 유타로를 바라보았다.

그 눈동자는 말 이상으로 당당하게 말하고 있었다. 마나부는 이미 예전부터 줄곧 유타로가 하고 싶어서 참을 수 없었던 일이 있다는 사실을 마음 깊은 곳에서 알고 있었다.

마나부는 유타로의 굵은 목에 팔을 두르며 처음으로 먼저 그의 입술에 입을 맞췄다. 유타로는 살짝 경직되더니, 마나부의 가녀린 몸을 맹렬하게 끌어안고 얼굴을 비스듬히 돌려 입술을 입에 물면서 혀를 깊이 넣었다.

"아……, 후우……."

여태까지 이런 식으로 집요하게 입안을 애무 당한 적은 없었다. 잇몸을 핥고, 치열을 훑으며, 혀와 혀가 뒤얽히고, 서로의 타액을 나누는 이렇게까지나 깊게 밀착한 입맞춤은 경험한 적이 없었다.

마나부는 금세 도취되어 유타로의 품 안에 추욱 기댔다.

유타로는 무아지경이 되어 마나부의 입술을 맛보면서, 침대에 올라가 넥타이를 풀어 목 부분을 느슨하게 하고는 조끼를 벗어던졌다. 평소에는 수다스러운 유타로가 말이 없어지더니 그저 거친 숨을 토해 내면서 마나부의 여린 몸 위를 덮고 있는 것을 마나부는 그저 멍하니 바라보며 입술을 범하는 미끈미끈한 쾌락에 빠져 있었다.

유타로는 능숙하게 마나부의 하카마 끈을 풀어 옷을 벗겼다. 그동안에도 입술은 끊임없이 마나부의 목덜미와 가슴을 간지럽히며 살갗을 핥고, 살을 살짝 깨물었다. 훈도시를 풀어 마나부가 알몸을 드러냈을 때, 유타로는 겨우 마나부의 위를 헤매기를 관두고 뜨거운 숨을 내쉬었다.

"너를 이런 식으로 만지는 게 몇 년 만인지……."

두 사람이 아직 아이였을 무렵, 장난삼아 서로를 위로해주던 게 벌써 10년 정도 전의 일이다. 하지만 이렇게나 훌륭하고 다부진 성인 남자로 자란 유타로가 알몸인 자신 위에 올라탄 이 상황은 그 무렵의 유희와는 전혀 다른 느낌이었다.

"마나부……, 내가 왜 줄곧 네게 이렇게 하지 않았는지 알아?"

유타로는 충혈된 눈으로 마나부의 뺨을 핥고 몇 번이나 입맞춤을 반복하면서 쉰 목소리로 낮게 속삭였다.

"난 여자를 알고 난 뒤로 거기에 몰두했어……. 하지만 아무리 음란하고 난잡한 행위를 해도 그 순간만 자극적일뿐, 줄곧 마음 어딘가가 채워지지 않았어……. 난 알고 있었어. 내가 정말로 안고 싶은 사람은 마나부라고. 마나부 말고는 없다고……."

"유타로……."

"하지만 만약 내가 정말로 너를 여자처럼 안는다면 네가 도망쳐버리지 않을지, 너를 잃게 되는 게 아닐지, 무서웠어……. 그래서 기껏해야 너를 껴안거나 아이처럼 뽀뽀하는 정도밖에 할 수 없었어……. 그 이상의 행위에 이르면 난 분명히 나 자신을 멈출 수 없었을 거야……. 그래서 줄곧 참았어……. 밤마다 너를 원하는 마음이 폭주할 때면 고용인들이 사는 곳으로 몰래 가서 너를 데리고 떠나버리고 싶은 충동에 사로잡혔어……."

뜨겁고 거친 손바닥이 옆구리를 쓰다듬으며 가랑이 사이에 있는 그것을 살며시 쥐었다.

'아……, 분명히 이 커다란 손이 아버지를…….'

그런 망상에 지배당한 마나부의 몸은 공포로 움츠러들었다. 그러나 유타로의 손이 마치 그곳을 깨지기 쉬운 물건을 다루듯이 섬세하고 정성스럽게 애무하자, 마나부는 금세 두려움을 잊었다.

"네가 매달리는 듯한 눈으로 볼 때마다 나는 감당할 수 없을 만큼 깊은 유혹의 늪에 끌려 들어갔어……. 하지만 지금까지 열심히 참았어……. 그게 너를 위한 거라고 생각했거든……. 흉한 짐승 같은 나의 욕망을 상대하기엔 넌 너무나도 불쌍하고, 섬세하고, 여려 보였어……. 하지만 이미 여기까지 와버렸어……. 결국 여기까지……."

유타로가 이야기를 계속 하는 동안, 자극을 참지 못한 마나부는 목소리도 내지 않고 사정했다. 유타로는 아무런 주저 없이 손바닥으로 받아 낸 그것을 핥으며 황홀한 듯 넓은 가슴을 떨었다.

"너를 내 것으로 만들 거야, 마나부……. 우리는 이제 친구라는 정체도 없는 관계를 버리는 거야……. 나와 넌 하나가 될 거야……. 네 모든 것을 내가 짊어지겠어……. 지키겠어……. 내 모든 것을 주겠어……."

"너, 너를……, 나에게……?"

"응, 그래."

유타로는 선반에서 작은 병을 꺼내 내용물을 손에 바르고 마나부의 다리를 벌린 후, 그 틈새에 골고루 바르기 시작했다. 내장을 직접 비비는 느낌이 들자, 마나부는 소리를 참지 못했다.

Clan Novel

이름:

연락처:

Cian Novel

시안노벨을 구입해주셔서 감사합니다.

시안노벨은 2020년 2월까지 총 10권이 발행될 예정입니다.
10권을 모두 구매하신 후 띠지에 있는 쿠폰 10개를
이 카드 뒷면에 부착해 삼양출판사로 보내주세요.
보내주신 분들 전원에게 소정의 경품을 드립니다.

* 보내실 곳 *

서울시 강북구 도봉로 173
캠프빌딩 6층 시안노벨 편집부 앞

* 응모 기간 *

없음. 수시 응모 가능.

많은 사랑 부탁드립니다♡

“내 모든 것을 너에게 줄게……. 네 모든 것도 내 것이야…….”

“아, 아……, 유타로…….”

유타로는 땀에 젖은 마나부의 피부를 사랑스럽다는 듯 애무하면서 정교하게 손가락을 꿈틀거렸다. 마나부는 그저 유타로가 하는 대로 따르면서 침대에 흑발을 흐트러뜨리며 가녀린 목소리를 냈다.

‘아아……, 내 안이 넓혀지고 있어……. 난 유타로의 손으로 변해 가는 건가…….’

마나부는 육체까지 지배당하는 느낌에 도취되었다. 이렇게 창피하고 한심한 모습이 되어선, 원래 그 용도가 아닌 곳이 억지로 벌어지고 있다. 원래 마나부는 남자로서, 인간으로서의 긍지나 존엄 등이 거의 없었지만, 있을까 말까 한 그것이 주인의 손에 빼앗길 것이라 생각하자, 그것만으로도 절정에 달해버릴 것 같았다.

“앗……, 아아……!”

배 안쪽에 숨 쉬는 비밀스러운 곳을 유타로의 손가락이 찾아냈을 때, 마나부는 목을 세게 흔들며 헐떡였다. 온몸의 피부에 땀이 흠뻑 배어나고, 잘 여문 성기에서는 기쁨의 눈물이 찔끔찔끔 흘러나왔다. 유타로가 섬세한 그곳을 굵은 손가락으로 부드럽게 굴릴 때마다 마나부는 도원경으로 날아가는 기분이었다.

‘난 어디까지고 유타로에게 예속된 존재야……. 이런 애무를 받고 이렇게나 기분 좋아하다니, 이 얼마나 부끄러운 남자인가…….’

유타로는 마나부의 배가 쾌감의 증표로 흠뻑 젖을 때까지 손가락으로 애무를 계속했다. 이윽고 쾌락의 샘에 빠져 몸을 축 이완시킨 마나부의 살이 벚꽃색으로 달아올랐을 무렵, 유타로는 겨우 손가락을 빼고 자신의 욕망을 드러냈고, 그곳에 향유 같은 것을 흘리고는 꼼꼼하게 발랐다.

유타로의 음경은 아파 보일 정도로 흥분해 있었다. 엄청나게 팽창하여 힘껏 뒤로 휜 남근을 이제부터 자신이 여자처럼 받아들일 것이라 생각하자, 마나부는 마조히스트적 기쁨으로 몸이 떨렸다.

'난 벌을 받는 거야. 유타로의 몸으로 꿰뚫리면서 그의 죄를 받아들이는 거야.'

"아아, 마나부……!"

마나부는 자신의 위를 덮은 유타로에게 필사적으로 매달렸다. 유타로는 숨을 죽이며 천천히 밀고 들어왔다.

"아……아……."

"마나부……, 아아, 네 안은 뜨겁구나……."

유타로의 손가락에 의해 완전히 녹아내린 항문은 맥동하는 남근에 의해 무참하게 벌어져 있었다. 엄청나게 굵고 딱딱한 것이 서서히 마나부를 덮쳤고, 내뻗은 귀두가 음란하게 부푼 응어리를 자극시켰을 때, 마나부는 "히익!" 하고 가냘픈 소리를 내며 절정에 달했다.

그 엄청난 절정의 쾌감으로 인해 마나부의 정액은 뺨까지 더럽혔다. 허리는 크게 들썩였고, 마나부는 한순간 제정신을 잃었다.

"아아, 마나부……!"

유타로는 더는 참지 못하겠다는 듯 얼굴을 일그러뜨리며 마나부에게 뜨거운 키스를 했고 경련하는 마른 몸을 끌어안고 허리를 꺾어 안까지 꽉 찔러 넣었다.

"아아아……!"

턱에 타액을 흘리던 마나부는 땀을 흩뿌리며 몸부림쳤다.

마나부는 남자가 남자에게 관통당하는 일이 이렇게까지 쾌락을 얻을 수 있는 행위인 줄은 여태까지 전혀 몰랐다. 마나부의 몸은 분명히 유타로를 받아들여 기뻐하고 있었다. 내장 구석구석이 유타로를 맛보고, 남김없이 핥고 빨면서 환희로 가득 찼다.

'난 이상해……. 이건 역시 꿈일지도 몰라……. 사실 이런 행위는 절대로 해선 안 됐어……. 이건 끝없이 무거운 죄이며, 용서받을 수 없는 일이야…….'

하지만 그렇게 생각하면 할수록 마나부의 몸은 타올랐다.

"아, 아아, 굉장해, 마나부……. 네 안은 천국이야……."

술에 취한 것처럼 벌개진 얼굴로 황홀해하던 유타로는 마나부의 입술을 빨면서 천천히 허리를 돌리기 시작했다. 마나부는 배 속의 점막을 휘저이는 뭐라 형용할 수 없는 음란한 쾌락에 흐느껴 울었다.

"하앗, 아, 아, 유타로, 아아, 아."

"좋아……? 마나부……, 기분 좋아……?"

"좋아……. 아아……. 마음대로 해줘……. 나를, 네 마음대로……."

마나부가 달콤한 소리를 내자, 유타로는 결국 몹시 흥분하여 사납게 날뛰면서 점차 사정없이 움직여 갔다.

"하앗, 하앗, 마나부, 마나부……."

"힉, 아, 아앗, 아응, 앗, 아, 아."

침대가 세차게 삐걱거렸다. 살과 살이 서로 부딪히는 소리와, 질퍽질퍽, 안을 찌를 때마다 진득진득하게 울리는 음란한 소리가 실내의 공기를 떨리게 했다.

"으응, 흐, 흐아아, 아앗."

마나부는 때때로 눈을 희번덕거리며 몇 번이나 절정으로 날아갔다. 의식은 거의 애매해졌고, 그저 유타로에게 뒤흔들리며 쾌락을 탐할 뿐인 하나의 살덩어리로 변해 있었다.

"좋아, 좋아……, 굉장해, 아아, 유타로."

그 달아오른 빨간 입술에서 마치 창부 같은 말까지 흘러 나왔다.

"더 찔러줘, 나를 범해줘, 더 심하게 해줘."

"마나부……!"

유타로도 사고를 떨쳐버리고는, 사나운 짐승의 움직임으로 마나부를 찔러 댔다. 그에게 매달리며 어깨를 파고든 마나부의 가는 손가락은 점차 뭔가에 씐 것처럼 그 다부진 근육을 더듬었다.

마나부가 유타로의 몸을 스스로 만진 적은 여태까지 거의 없었다. 언제나 유타로가 마나부를 껴안거나 입을 맞췄고, 마나부가 먼저 접촉을 한 적은 이번이 처음이었을지도 모른다.

그것이 굉장히 자극이 됐는지 유타로는 금세 절정에 달하여 마나부의 안에서 경직해서는 그대로 파열했다. 낮은 신음과 함께 뿜어져 나온 엄청난 신수(腎水)는 마나부의 배를 채웠고, 마나부는 그 뜨뜻미지근한 감각에도 쾌감을 느꼈다.

그러나 사정을 해도 유타로의 물건은 힘차게 뒤로 젖혀진 상태였다. 유타로는 움직임을 멈추지 않고 질척질척, 신수를 휘저으며 엄청난 소리를 내면서 더욱더 세차게 마나부를 몰아세웠다.

"아아……, 좋아……, 마나부……, 너는 정말 마약이야……. 날 뼛속까지 녹여버리잖아……. 난 이미 훨씬 전부터 네 포로였어……!"

그렇게 소리친 유타로는 이마에 구슬 같은 땀을 흘리며 사랑스러움에 가늘어진 눈을 마나부에게 향했다.

"언제까지고 널 안은 채 있고 싶어……. 어디도 가지 않고 이 방에 너를 가두고는 아무에게도 보여주지 않고 영원히 이어져 있고 싶어……."

"가두어줘……. 유타로, 난 네가 바란다면 어떻게 있어도 좋아……. 날 네 마음대로 해줘……. 부디 물건처럼 다뤄줘……. 날 네 것으로 바꿔줘……!"

마나부는 유타로의 욕망을 배 속까지 깊이 맛보면서, 그래도 아직 부족하다는 듯 스스로 허리를 강하게 흔들었다.

'이 무슨 악몽인 거지……? 내 몸은 그야말로 유타로를 위해 있었던 거야……. 자위를 해도 만족다운 만족을 느끼지 못하고, 상상으로밖에 성애를 품지 못했어……. 하지만 지금 유타로에게 여자처럼

안긴 나는 죽을 만큼 흥분했어!'

게다가 마나부는 유타로가 자신의 부친을 죽였을지도 모르는 그 바로 직후에 그에게 안기고 있는 것이다.

과연 자신은 아버지의 소실을, 혹은 죽음을 슬퍼했을까?

답은 '아니다.' 밖에 없었다. ……마나부는 유타로가 죄를 저질렀을지도 모른다는 데에 더욱 절망했던 것이다.

아버지 요시오가 밉지는 않았다. 그저 자신을 위협하는 위험한 존재였다. 유타로가 요시오를 죽이겠다고 했을 때 전율한 이유는 아버지를 사랑했기 때문이 아니다. 유타로를 죄인으로 만들고 싶지 않다는 그저 그 일념뿐이었다.

그리고 지금 마나부는 유타로에게 안겨 있었다. 그건 터무니없는 죄악이었다.

유타로가 실제로 죄를 저질렀다는 건 문제가 아니었다. 유타로가 죄인이라는 생각이 드는데도 마나부가 그 남자에게 자진해서 안기는 행위가 무시무시한 죄인 것이다.

그 과오를 두 사람이 공유하고 이렇게 색욕에 빠져 있다는 사실이 엄청나게 배덕적이었으며, 그 떳떳하지 못한 점이 마나부를 심하게 부추겼다.

여러 가지 뒤틀린 쾌락이 마나부의 안에서 서로 싸웠고, 마나부는 이미 금기도 이성도 다 잊은 채 유타로에게 안겨 있었다.

"마나부……, 어떻게 하는 게 좋아……? 내가 어떻게 해주면 좋은지 가르쳐줘."

"아아, 그저 난폭하게……, 실컷 찔러줘……. 깊이……, 네가 닿는 곳까지……."

유타로는 마나부의 가늘고 흰 다리를 들어 올려 안까지 푹푹 찔렀다.

마나부는 굵고 긴 것으로 깊숙이 범해지면서 히익히익 울며 기뻐했다. 남자를 받아들인 적은 처음인데도 그런 사실은 조금도 느껴지지 않는 타락한 모습으로 유타로의 남근에 미친 듯이 기뻐했다.

유타로는 그런 마나부를 그저 귀엽다고 말하며 언제까지고 범했다. 사실은 심한 말로 매도하거나 비웃어주길 바랐지만, 유타로는 마나부를 경멸하는 말 한마디 하지 않고 한결같이 열렬하게 예뻐했다.

"마나부는 정말 귀여워……. 어째서 이렇게 귀여울까……?"

"유타로……. 그런 식으로 말하지 마……."

"입에 담지 않으면 가슴이 답답해서 죽을 것만 같아……. 그러니까 부디 말하게 해줘……. 넌 귀여워, 마나부……. 불쌍하고……, 귀여워……."

유타로는 마나부에게 몇 번이나 입을 맞추며 마나부의 정신이 아득해질 정도로 혀를 세차게 빨았다.

유타로는 자신의 것을 안에 푹 박아 넣은 채 천천히 허리를 움직이며 가장 깊은 곳의 점막을 집요하게 자극했다. 그러자 머리가 저려 오듯이 무겁고 깊은 절정감이 마나부를 어둠으로 밀어 떨어뜨렸고, 마나부는 사정을 하면서 실신했다.

"마나부, 마나부……, 괜찮아? 또 절정에 달한 거야? 아아, 귀여워……. 이제 안 되겠어, 멈추지 못하겠어……."

유타로는 쉴 새 없이 마나부를 녹이는 말을 속삭이면서 땀투성이가 된 몸으로 계속해서 허리를 흔들었다. 유타로도 몇 번이나 절정에 달했음에도 불구하고 그의 남근은 점점 단단하게 휠 뿐이었으며, 마나부의 잘 익은 점막을 괴롭혀 대며 미칠 듯이 기쁘게 만들었다.

마나부의 가는 팔다리는 하얀 뱀처럼 유타로의 어깨와 허리에 들러붙었고, 음란하게 젖은 몸은 파도처럼 흔들렸다.

"유타로……. 유타로……."

자신도 창피해질 만큼 달콤한 꿀처럼 졸라 대는 목소리가 끊임없이 새어 나왔다. 유타로는 마나부에게 이름을 불릴 때마다 흥분하여 짐승처럼 격렬하게 움직이면서 언제까지고 마나부의 입술을, 혀를 맛보았다.

그런 행위를 몇 번이나 반복하는 사이에 밤이 밝아 왔다.

마나부는 이곳이 주인의 방이라는 사실도, 중요한 연회가 있는 밤이었다는 사실도 잊고 그저 유타로에게 매달려 울었다.

그저 밤의 정적만이 두 청년이 뒤얽힌 모습을 묵묵히 지켜보고 있었다——.

마나부

나는 때때로 기묘한 꿈을 꾼다. 꿈은 언제나 같은 내용이었다.

나는 하얀 안개가 자욱이 낀 어두운 방에 혼자서 가만히 있었다.

내 주위에 있는 것은 두 개의 관.

그리고 어느새 또 하나가 늘어나 있었다.

나는 세 개의 관 중심에 서 있으면서도 그 안에 누가 들어 있는지 몰랐다.

왜냐하면 세 개의 관은 내가 절대로 열수 없어서 안을 볼 수가 없었기 때문이다.

이곳은 분명 내 방일 텐데 이런 내가 모르는 물건이 당당히 존재하고 있다니, 이상하다는 생각이 들었다.

하지만 멋대로 생겨버린 거라서 어쩔 수가 없었다. 그 관은 이 방 안에 있지만, 그 안에는 또 다른 방이 있었다. 나도 들어갈 수 없었다.

이곳은 나만의 방이다. 아버지도 없었다. 어머니도 없었다. 그저 유타로만이 이 방에 들어올 열쇠를 가지고 있었다.

몇 번이나 맹세하는 사랑

연기 나는 저택은 오늘도 탁한 안개에 에워싸여 있었다.

요시오의 행방은 여전히 모른다. 하지만 마나부는 경찰에 수색원을 낸다고 했던 유타로에게 조금만 기다려달라고 부탁해 두었다.

어쩌면 조만간에 불쑥 돌아올지도 모른다. 고작 고용인이 없어진 것 정도로 그렇게 호들갑스럽게 대응하지 말아달라고 호소했다.

물론 그 진짜 이유는 이 일에 경찰을 연관시키고 싶지 않은 마음에서였다. 마나부의 마음속에는 역시 유타로가 요시오를 죽였다는 상상이 굳게 존재하고 있었기 때문이다.

그러나 어느 날, 마나부 앞으로 한 통의 편지가 도착했다.

아무 특이할 것 없는 새하얀 편지지에는 여자가 쓴 듯한 나긋나긋한 글씨체로 다음과 같은 이야기가 적혀 있었다.

—— 마나부. 넌 갑자기 없어진 아버지를 조금은 걱정해주고 있을까? 하지만 네가 근심할 필요는 없다. 난 지금 도쿄에서 일품 요릿집을 하는 여자네 집에 더부살이 중이다. 고향에 있을 때 조금 인연이 있던 여자다. 이 편지도 그 여자가 써주고 있다. 난 하코네 저택이 정말 싫어졌다. 다 그곳에 가고 나서부터 모든 것이 나빠졌다. 너도 내가 없어야 더 안심하고 지낼 수 있겠지. 네게 정원사 일은 충분히 가르쳐주지 못했지만, 다행히도 유타로 님의 총애를 받고 있지 않느냐. 열심히 사랑받으면서 건강히 지내라. 나는 돌아갈 생각도 없으니, 너와 또 만날 일도 없을 거다. 그러니 부디 찾지 말거라 —— 요시오.

틀림없이 요시오는 죽었다, 유타로에게 죽임을 당했다고 굳게 믿고 있던 마나부는 놀라서 그 편지를 몇 번이나 다시 읽었다. 아버지의 말처럼 보이기도 하면서도, 또 전혀 다른 사람이 생각한 말처럼 보이기도 했다.

그러나 이 편지가 새빨간 거짓이라 해도 조금도 이상하지 않았다. 요시오는 글자를 제대로 읽고 쓰지 못하기 때문에 만약 편지를 보낸다 쳤을 때, 이렇게 누가 대필로 써줄 수밖에 없다. 하지만 그렇다면 요시오의 기질, 환경, 글을 쓰지 못한다는 사정을 아는 누군가가 요시오를 사칭해서 이 편지의 내용처럼 쓰는 일도 가능했다.

'이걸 유타로에게 보여줘야 할까?'

만약 진짜였을 경우에는 경찰에 부탁하면 도쿄를 중심으로 수색을 시작해 주겠지만, 도쿄에 일품 요릿집이라는 이름이 붙은 가게는 몇 군데나 있는지, 게다가 그곳에서 일하는 여자가 몇 명이나 있는지를 생각하면 실제로 찾아내기는 쉽지 않을 것이다.

'게다가 이 편지가 진짜라면, 여기에는 찾지 말아달라고 쓰여 있어……. 가짜라 해도 이걸 쓴 사람도 아버지를 찾길 원하지는 않을 거야.'

후자일 경우, 그 사람은 유타로밖에 생각되지 않았다. 입장상 경찰에 수색원은 내겠다고 했지만, 사실은 취하하고 싶다는 마음에 이런 편지를 썼을 것이다. 혹은 마나부에게 아버지가 살아 있다고 안심시키고 싶은 마음에서…….

그렇게 상상하자, 마나부는 자신의 마음에 인간다운 감정이 결여되어 있음을 실감하지 않을 수 없었다.

'나는 정말 사람도 아니야…….'

요시오가 없어졌다는 이야기를 들은 그날부터 마나부는 아버지의 안부를 제대로 신경 쓴 적이 없었다. 왜냐하면 마나부의 안에서 요시오는 이미 거의 죽은 것과 마찬가지였으며, 죄를 저지르고 만 유타로를 어떻게 감싸야 할지, 어떻게 위로해야 할지, 그리고 그런 짓을 하게 만든 자신의 죄를 어떻게 속죄해야 할지, 그런 생각밖에 하지 않았기 때문이다.

유타로는 고향의 저택에서 마나부를 안고, 하코네에 돌아온 후에도 기회만 있으면 마나부를 원했다.

유타로는 한때 자신에게서 거리를 두려고 했던 마나부를 놓치지 않으려고 평소보다도 훨씬 빨리 저택으로 돌아왔지만, 요새는 무척이나 정력적으로 일을 하고 있는지 귀가가 늦어지는 날도 많았다.

마나부가 유타로에게 모든 것을 맡겨서 안심이 된 걸까? 마나부는 유타로가 예전처럼 쾌활한 모습으로 돌아와서 기뻤다.

그날 밤, 마나부는 귀가한 유타로에게 아버지로부터 온 편지를 보여주었다.

유타로는 진지한 표정으로 그 편지를 읽고는, 시선을 마나부에게 옮겼다.

"마나부, 넌 어떻게 하고 싶어?"

"나는……, 이 편지를 믿으려고."

그 말은 이중의 의미를 가지고 있었다. 아버지가 살아 있다고 믿고 싶어 하는 자신을 유타로에게 보이기 위해. 그리고 아마 이 편지를 쓴 사람 —— 유타로에게 나는 너를 믿고 있으며, 편지에 적혀 있는 대로 하겠다고 전하기 위해서였다.

"아버지가 찾지 말라고 한 데다, 경찰들을 움직이게 하는 것도 딱하다는 생각이 들어. 그러니까 수색원은 이대로 내지 말아줘."

"그래……. 알았어."

그 얼굴이 왠지 모르게 안심한 듯 보인 건 마나부의 선입관 때문일까?

"그럼 그 일은 내가 아버지한테 말씀드릴게."

"응……. 부탁할게."

"본격적으로 새로운 정원사를 들여야겠네……."

지금은 요시오의 대리로 밖에서 정원사를 고용한 상태였다. 원래라면 마나부가 요시오의 뒤를 이어 일을 맡아야 하지만, 마나부는 아버지에게서 그의 솜씨를 거의 배우지 못했다.

"그건 그렇고……, 마나부도 안심했지? 아저씨한테서 편지가 와서."

"응……. 그렇네."

유타로는 마나부를 끌어당겨 넓은 가슴에 꽉 끌어안았다.

"넌 그 방에 혼자 남겨지고 말았구나……. 뭐 불편한 건 없어?"

"괜찮아. 오히려 다들 나한테 마음 써주셔서 죄송할 정도야."

"마나부. 그렇게 생각한다면 전에 내가 한 말을 제대로 생각해주겠어?"

유타로가 한 말 ── 즉, 자신과 함께 살자, 전속 하인이 되어서 다른 저택에서든 어디에서든, 여하튼 함께 생활하고 싶다, 는 말일 것이다.

"하지만……, 그땐 내가 방에 돌아가면 아버지한테 맞을지도 모르니까 한 말이었잖아?"

"그랬지만……, 그래도 난 쭉 너와 함께 있고 싶어. 더 당당하게 너와 지내는 시간을 늘리고 싶어."

"난 거의 매일 이렇게 너와 만나고 있는데?"

"그걸로는 부족해……. 알잖아?"

유타로는 마나부의 야윈 몸을 소파에 눕히며, 입술에는 몇 번이나 열렬한 입맞춤을 퍼부었다.

유타로의 키스는 고향에서 마나부를 안은 날 이후 전혀 다른 것으로 변했다. 끈적하게 입술을 빨리고, 축축하게 젖은 두꺼운 혀가 미끌거리며 들어와 입안을 헤집고 다니자 이미 그것만으로도 마나부는 현기증이 나고 머릿속이 저려 왔으며, 감미로운 도취의 구렁 속으로 끌려 들어간 채 예기치 못하게 달콤하고 여자 같은 목소리가 새어 나오고 말았다.

그날 밤, 유타로는 여태까지 자신이 얼마만큼 마나부에 대한 욕망을 참아 왔는지 절절히 털어놓았다. 그리고 그 이후로 그의 그 고백이 납득이 갈 정도로 숨이 막힐 만큼 뜨겁고 집요해진 유타로의 행위는 마나부를 금세 애욕의 늪에 빠지게 만들어버렸다.

"유타로……. 여기서 자주 이러면 언젠가 누가 알아채고 말 거야……."

"괜찮아, 문은 잘 잠갔어. 게다가 여기는 소리도 잘 안 새……. 그렇게 신경 쓰이면 역시 나와 어딘가로 거처를 옮길 수밖에 없겠어."

"네가 그렇게나 참을성이 없는 사람일 줄은 생각 못했어."

"이미 10년은 참고 있었다고. 손에 넣으면 홀딱 정신이 팔리는 게 당연하잖아?"

유타로는 불손한 미소를 지었다. 마나부를 안고 있는 사실이 기뻐서 참을 수가 없는, 아이처럼 천진난만한 얼굴이었다. 마나부는 그런 유타로의 표정을 좋아했다. 태어날 때부터 사람을 지배하는 일이 당연했던 인간 특유의 거만함이라고 하기엔 너무나도 순진무구하며, 해맑고 풍요로운 마음. 마나부는 자신이 갖지 못한 그 왕자다운 기질을 숭배하고 있었다.

하지만 자신처럼 왜소한 자가 유타로를 흠모하는 건 당연하다고 쳐도, 유타로까지 마나부를 원하는 게 마나부는 아직까지 의문이었다.

"네 주위에는 아름다운 사람과 총명한 사람이 많이 있을 텐데……, 어째서 날 그렇게 몇 년이나 마음에 둘 수 있었는지 솔직히 모르겠어."

"그렇겠지. 너는 모를 거야. 너는 내가 더 잘 알고 있으니까."

"너는 항상 그렇게 말해……. 그 말의 의미를 물어봐도 될까?"

"의미도 뭣도 없어. 그 말 그대로야."

유타로의 커다란 손바닥이 기모노의 이음매에서 안으로 스르륵 들어오더니, 아직 부드러운 젖꼭지를 천천히 쓰다듬었다.

"나보다 더 너를 이해할 수 있는 녀석은 없어……. 여자든 남자든."

"아……, 유타로……."

유타로의 손이 애무하자 젖꼭지가 쉽게 응어리졌음을 느낀 마나부는 창피함에 고개를 옆으로 돌렸다. 그러자 눈앞에 자신의 얼굴이 나타나 이쪽을 바라보는 모습에 한순간 가슴이 철렁했다.

'아……, 그래, 거울이구나…….'

금으로 장식된 화려하고 커다란 전신 거울이었다. 어제는 그곳에 없었는데, 하녀가 청소할 때 살짝 옮겨 놓기라도 했나 보다. 붉은 벨벳 소파 위에 눕혀진 자신은 어쩜 이렇게 보잘 것 없고 한심스러울까? 그 위를 덮은 유타로는 어쩜 이렇게 크고 늠름할까?

문득 마나부는 그의 가랑이 사이가 이미 부풀어 올라 세로 줄무늬 바지 천을 밀어 올리고 있는 모습을 보고는 침을 꿀꺽 삼켰다.

"마나부는 거울 보는 걸 좋아해?"

"아, 아니야……. 그게 아니라……, 저기 있으면 신경 쓰이잖아."

"거울이 질투하겠어. 이렇게나 귀여운 마나부를 안고 있으니."

"아, 유타로……."

유타로는 기모노 앞섬을 크게 벌리더니, 모양이 완전하게 형성된 젖꼭지를 쪽 소리를 내며 빨았다. 아, 마나부가 소리를 내자 왼쪽 가슴을 빨면서 오른쪽 젖꼭지도 한쪽 손으로 주무르기 시작했다. 그러면서 왼쪽 손은 능수능란하게 마나부의 하카마를 벗겼다.

"아, 아아……, 유타로……."

"가슴을 빨리는 건 어때? 기분 좋아?"

"음……, 응……, 네가 해주는 건 다 기분 좋아……."

"그래……. 마나부는 잘 느끼는구나……. 사랑스러운 몸이야……."

"앗, 아으, 윽."

츄릅, 세게 빨리자 배 속이 뜨거워졌다. 꼿꼿이 선 젖꼭지를 검지와 엄지 사이로 빙글빙글 돌리자, 울고 싶을 정도로 애달픈 기분이 느껴졌다.

가슴을 애무당할 뿐인데 가랑이 사이가 지끈지끈 저려 오면서 발기해 버렸음을 느꼈다. 훈도시 너머로 천천히 주무르자, 마나부는 그대로 절정에 달하고 말 것 같았다.

"아……, 안 돼, 유타로……. 더러워져……."

"알았어. 그럼 내가 입으로 받아줄게."

"마, 말도 안 돼……."

마나부가 새빨간 얼굴로 막으려 했지만, 유타로는 곧바로 마나부의 가랑이 사이에 얼굴을 묻고 마나부의 것을 쏙 삼켜버렸다.

"앗! 아, 아……."

처음 맛보는 쾌락이었다. 마나부의 것이 미끈미끈하게 젖은 유타로의 따뜻한 입안에 감싸인 채 볼 안쪽에 부딪치며 입술에 비벼졌다. 전신 거울에 마나부의 다리 사이에서 머리를 바삐 움직이는 유타로가 비치자, 너무나도 자극적인 그 광경을 본 마나부는 순식간에 절정에 달하고 말았다.

"앗……, 하앗, 아……."

"응……."

하얀 몸을 움찔움찔 들썩이며 내보내자, 유타로는 마나부의 허리를 잡고 하나도 남김없이 단숨에 삼켰다. 요도에 남은 잔재까지 모두 빨아들이려는 것처럼 언제까지고 마나부의 음경을 입에 물고 있었다.

"마나부는 빠르구나……. 양도 적어……."

유타로는 겨우 얼굴을 들고 입술을 핥으면서 조금 불만이라는 듯 투덜댔다.

"더 많이 마시게 해줘."

"그, 그런 말 하지 마……. 그렇다면 나도 네 것을……."

"마나부는 위에 있는 입보다 이쪽으로 맛보는 걸 더 좋아하잖아?"

젖은 손가락을 엉덩이가 갈라진 곳에 스륵 꽂아 넣자, 마나부는 뜨거운 숨을 내뱉었다.

"내 것을 머금게 하기에는 마나부의 작은 입이 가엾거든……. 그래도 이쪽이라면 너도 좋아해 주잖아."

"나도……, 네 것을 마시고 싶어……."

"항상 듬뿍 마시잖아? 배로 직접."

"그런……, 아, 아아."

안을 꾹꾹 만지자, 그 순간 마나부는 말을 잇지 못했다. 벌써 몇 번이나 남근을 받아들인 탓인지, 마나부의 그곳은 평소에도 폭신폭신 부드러워진 상태였다. 유타로가 손가락을 넣으면 기뻐하는 것처럼 착 달라붙어선, 빨리 더 굵은 것을 넣어달라고 하듯 탐욕스럽게 꿈틀거리기 시작하는 것이다.

"아아……, 아, 아……."

"마나부의 이곳은……, 정말 귀여워……. 손가락을 넣기만 해도 참을 수가 없어져……."

유타로는 넓은 가슴을 위아래로 크게 움직이면서 다리 사이를 부풀린 채 마나부의 항문을 풀었다. 유타로의 남성적인 용모가 욕정을 드러내면 엄청나게 거칠어지면서 자칫하면 흉포한 얼굴이 된다. 하지만 그 얼굴은 뭐라 말할 수 없는 색기가 감돌았고, 마나부도 그 얼굴을 보는 것만으로도 갈증이 나는 것처럼 욱신거리고 가슴이 뛰면서 참을 수가 없어진다.

"너, 넣어줘……. 이제 괜찮으니까……."

"그래? 하지만 아직……."

"나도 원해……. 빨리 유타로의 그것으로 가득 채워줘……."

부끄러움을 참고 조르자, 유타로의 호흡은 더욱더 거칠어지더니 결국 짐승 같은 열기가 그 다부진 몸에서 피어올랐다.

"너의 그 말은 정말 나를 맥없이 무너지게 하는구나……."

유타로는 손가락을 빼더니 바지 앞을 열었다. 그리고 속옷 안에서 튀어나온 단단한 그것에 향유를 골고루 바르고 마나부의 다리를 벌려 이제 막 들어오려던 그때, 갑자기 마음이 바뀌었다는 듯 마나부의 몸을 확 뒤집어서 엎드리게 했다.

"앗……."

"오늘은 이쪽부터 해보자."

유타로는 마나부의 허리를 세우고는 엉덩이를 들이미는 듯한 자세로 만들었다. 그리고 그대로 굵은 그것을 푸욱 비틀어 넣었다.

"응, 흐읏……."

마나부는 부드러운 소파에 뺨을 밀어붙이고는, 삽입의 충동에 신음했다.

'아, 아아……, 왠지 굉장해……. 범해지고 있는 느낌이 들어……'

개와 같은 자세가 되어 뒤로 찔리는 게 서로 안고 있을 때보다도 수동적이며 피가학적인 느낌이 들었다.

그야말로 자신에게 어울리는 자세라고 마나부는 생각했다. 마나부는 지배당해야만 하는 인간이며, 유타로는 지배해야만 하는 인간이다. 마조히스트 성향이 강한 마나부는 이 자세로 범해지는 것이 기뻐서 어쩔 줄을 몰랐다.

"마나부……, 움직일게."

"응……, 으응……."

유타로가 허리를 잡고 피스톤질을 시작했다. 끼익, 끼익, 소파가 삐걱거리고, 이어진 부분이 질척, 쿨퍽거리며 향유가 남근과 점막에 문질러지면서 끈적거리는 소리가 울려 퍼졌다.

"아, 히익, 아윽, 아, 아앗."

정면에서 삽입되는 것보다 한층 깊이 들어갔고, 마나부는 눈물을 쏟고 침을 흘리며 기뻐했다.

"마나부, 뒤에서 찔리는 게 그렇게 좋아?"

"아으으, 응, 응응, 좋아, 좋아……."

"여기가 이렇게나 벌어졌는데도 좋구나……. 넌 정말 귀여운 녀석이야……."

황홀하게 속삭이는 유타로의 목소리를 들으며 문득 전신 거울을 본 마나부는 깜짝 놀랐다.

'아아, 굉장해……. 저렇게 굵은 것이 내 엉덩이에……'

마나부는 그 모습에 세차게 흥분했다. 그건 그렇고, 유타로는 어쩜 이렇게나 허리를 음란하게 움직일 수 있는 걸까? 그렇게나 끈적끈적하고 크게 허리를 흔들며 격렬하게 넣었다 빼기를 반복하거나, 안을 푹 채운 채 가장 깊은 곳을 자극하듯이 가늘게 흔들거나, 선단만 걸친 채 항문 입구를 몇 번이나 문지르거나…….

거울에 비친 자신들의 정사는 생각 이상으로 관능적이었으며, 지독하게 음란했다. 마나부는 유타로에게 몸을 뒤흔들리면서 그 모습을 바라보는 것만으로도 몸이 타들어 가듯이 뜨거워지고, 달아오른 피부에서 땀을 내뿜었으며, 연달아 차오르고 빠지는 절정에 시달리며 이미 거의 빈사 상태처럼 되고 말았다.

"아, 아아, 유타로, 굉장해, 굉장해……."

"큭……, 마나부, 그렇게 조이지 마……. 벌써 가버릴 것 같잖아……."

"괜찮아, 내보내……. 가득 내보내 줘……. 유타로의 것을 내게 줘!"

"마나부……."

유타로는 점점 호흡을 흐트러뜨리더니 마나부의 엉덩이를 덥석 잡고는, 그 두 언덕을 힘껏 조물조물 주무르면서 맹렬하게 허리를 찔러 댔다.

"히익, 힉, 아, 아아, 아아앗."

"크, 으윽, 조여……, 아, 아……!"

유타로는 마지막으로 몇 번을 깊고 세차게 찌르더니 경직했다. 콸콸, 콸콸, 농후한 정액이 마나부의 배에 쏟아졌고, 마나부는 황홀해하며 그것을 받아 냈다.

"하아……, 마나부……."

모든 것을 쥐어짜 낸 후, 유타로는 마나부의 안에 자신을 넣은 채로 등을 껴안고 어깨뼈가 드러난 살에 계속해서 입을 맞췄다. 그리고 굶주린 것처럼 마나부에게 입을 맞춰달라고 졸랐다.

"마나부……, 네 입술을……."

유타로는 정사가 끝나면 항상 오랫동안 마나부를 품에 안고 황홀한 모습으로 마나부에게 다정하게 입을 맞추면서 그의 피부를 애무를 했다. 한창 그러고 있으면 그곳이 다시 징조를 보여 다시 사랑을 나누는 경우도 있고, 그대로 잠들어버리는 경우도 있었다.

그건 마나부처럼 보잘것없는 존재라도 사랑받고 있다는 느낌을 누리기에 충분한 한때였다.

'정말……, 넌 어째서 나 같은 걸…….'

아무리 유타로가 온갖 말을 동원해 설명한들, 자신은 이 의문을 버릴 수 없을 것이다.

행복에 익숙지 않은 마나부라도 이런 시간을 행복이라고 부를 것이라고 자연스럽게 느낄 수 있는 잔잔하고 달콤한 한때였다.

* * *

아버지의 실종으로부터 벌써 한 달이 지나려 하던 어느 날.

그로부터 마나부의 생활은 크게 변했지만, 그 일상에도 익숙해지기 시작했을 무렵에 그의 생활을 더욱더 흔드는 사건이 일어났다.

마나부가 저택에서 잡일을 끝낸 후, 저녁밥을 먹고 방으로 돌아가려던 그때였다. 마나부의 방에서 다급하게 미닫이문을 열고 뛰어나오던 테루코와 하마터면 부딪힐 뻔했다.

"아앗, 마나부. 드디어 왔구나."

테루코는 마나부의 얼굴을 보고는, 발그레해진 뺨에 안도의 표정을 지었다. 마나부는 심상치 않은 테루코의 모습에 가슴 어딘가가 술렁거리는 것을 느꼈다.

"테루코 씨……, 도대체 왜 그러세요? 어째서 제 방에."

"일단 가자! 자, 어서, 서둘러!"

테루코는 자세한 이유도 말하지 않은 채 마나부의 손을 잡아당기며 안으로 끌고 갔다.

그러자 일찍이 아버지와 지냈지만 지금은 마나부 혼자 쓰는 방 안에 모르는 여자와 한 여자아이가 앉아 있었다.

여자는 마나부의 모습을 보고는 벌떡 일어났고, 옆에 있던 여자아이도 그 모습을 따라 했다. 그 여자는 청초한 여름꽃이 옷자락에 그려진 고급 옥색 기모노를 입고, 깔끔하게 딴 트레머리에 산호 비녀를 꽂고 있었다. 희고 투명하며 가느다란 목에, 작은 얼굴 안에는 고상한 벚꽃색 입술과 고운 빛깔을 띠는 영롱한 눈동자가 있었으며, 얼굴에 아직 소녀처럼 가련한 미소가 감도는, 마치 타케히사 유메지[6]의 그림에라도 그려질 법한 우아한 미인이었다.

6 타케히사 유메지: 일본 다이쇼 시대의 낭만파 화가이자 시인. 수많은 미인도를 남김.

또한 그 여자에게 꼭 붙어 있는 머리를 내린 소녀도 붓으로 또렷이 그린 것처럼 늠름한 눈썹과 긴 속눈썹에 덮인 커다랗고 아름다운 눈동자에, 꽃처럼 사랑스러운 입술을 지녔으며, 어린나무처럼 쭉 뻗은 팔다리에는 하얀 무명 양장이 무척 잘 어울렸다.

한동안 마나부는 멍하니 그 두 손님의 얼굴을 바라보며 아무 말도 하지 않고 있었다. 이 찌들고 꾀죄죄한 방에는 너무나도 어울리지 않는 사람들이었다.

'누구지……? 아니, 근데 본 적이 있어……. 그럴 리가 없지만…….'

그 여자는 확실히 마나부가 아는 얼굴이었다. 하지만 기억 속에 있는 그 사람보다 더 아름답고 기품이 있어서 얼굴이 닮았을 뿐, 전혀 다른 사람으로도 보였다.

"마나부……, 마나부구나."

여자는 참지 못하겠다는 듯, 떨리는 목소리로 중얼거렸다. 눈에는 눈물이 옅게 고여 있었다.

"나야. 네 엄마란다."

"어머, 니……?"

어머니 카즈코였다. 13년 만에 보는 어머니였다.

인상이 너무 다른 나머지, 본인이 직접 한 말을 들어도 마나부는 아직 실감이 나지 않았다.

'어머니는 이렇게 아름답지 않았어. 더 마르고, 항상 피곤한 얼굴을 하고, 슬픈 듯이…….'

그랬는데 이렇게나 변해버리다니, 환경이란 사람의 모습을 여실히 나타내주는 것이다. 마나부는 현재 어머니의 모습을 본 것만으로도 어머니가 풍요로운 생활을 보내고 있음을 헤아릴 수 있었다. 벌써 10년이 훨씬 지났는데도 그녀는 이 건물에서 생활하던 때보다도 늙기는커녕 젊어진 것처럼 보일 정도였다.

"하지만 어째서……, 어째서 이곳에?"

"이제 와서 왜 왔냐고 생각하지? 당연해. 용서해달라는 말은 도저히 못하겠구나."

카즈코는 자신을 책망하고 있다고 느낀 건지, 하얗고 갸름한 얼굴을 떨구었다.

"변명으로 들리겠지만 얘기를 들어주렴. 엄마는 하루도 널 잊은 적이 없단다. 이곳을 나갈 때도 데리고 가고 싶었어. 하지만 도련님이 널 데려가지 말아 달라고 애원하신 데다, 그 사람한테서 아들까지 빼앗아버리는 것도 마음이 괴로웠어. 그래서 엄마는 사실 테루코 씨하고만은 몰래 연락을 하고 있었단다."

"테루코 씨하고요……?"

카즈코는 고개를 끄덕이며 하얀 손수건으로 눈물을 닦았다.

"테루코 씨로부터 받은 편지에는 네 그날그날의 모습이 쓰여 있었단다. 너, 항상 아버지한테 맞았다면서. 정말 미안하구나. 도련님께서는 무척 잘 대해주셨다는 점이 유일하게 위안이 되었지만 이곳에서 나가고 얼마 안 됐을 무렵에는 널 데리고 나올 일만 생각했단다. 하지만 그때는 둘이서 생활하는 게 고작이었던 데다, 조금 안정

됐다 싶으니 이미 이 아이가 배 속에 생겨서…….”

“그 아이는……, 어머니와 그분의……?”

“그래. 유카라고 해. 올해 12살이고. 엄마는 이곳을 함께 나간 사람과 결혼해서 키세라는 성이 되었단다.”

어머니는 무사히 재혼했구나. 그렇다는 건 아버지와의 이혼도 어느새 성립되었나 보다. 어머니가 나간 그 당시, 마나부는 아버지에게 어머니에 대해 묻기만 해도 맞았기 때문에 아무것도 모르고 있었다.

‘그렇다면……, 이 아이는 내 여동생이구나…….’

마나부는 다시 그 유카라는 소녀의 얼굴을 보았다. 영리하고 꽤나 기가 세 보이는 귀여운 소녀였다. 마나부는 어머니의 남편의 얼굴을 전혀 기억하지 못하지만, 소녀의 얼굴은 아버지를 닮았을 것이다. 유카는 마나부의 얼굴을 빤히 쳐다보더니, 어머니와 번갈아가며 보기를 반복했다.

“어머니. 이분이 오라버니시죠?”

“그래. 네 오라버니란다.”

“알아요. 어머니와 얼굴이 똑같이 생긴걸요.”

유카는 싫어하는 표정 없이 웃었다. 그 표정을 봐도 소녀가 아무런 부족함 없는 환경에서 유복하게 자랐다는 사실을 엿볼 수 있었던 마나부는 두 사람을 눈부신 듯 바라보았다.

‘어머니는 행복해 보여……. 그리고 여동생도……. 정말 다행이야…….’

마나부는 아버지가 취해서 곧잘 “그 연놈들, 지금쯤 어디 길바닥에서 죽었겠지.”라며 아우성치는 말을 들었기 때문에 사실은 어딘가에서 죽었을지도 모른다고 믿고 있었다. 실제로 마나부는 어머니와 테루코가 연락을 주고받고 있는 사실 같은 건 몰랐기에 소식이 전혀 없다고 여겼고, 어머니에 대한 행복한 상상도 한 적이 없었다.

“마나부……, 마나부, 아아, 얼굴을 더 자세히 보여주렴.”

카즈코는 비틀거리듯 마나부에게 다가오더니, 그 우아한 손을 마나부의 뺨에 가져다 댔다.

“고생 많았지……? 정말 미안하구나…….”

“어머니……. 저는 어머니가 무사히 계셔준 것만으로도 기뻐요.”

“아아, 그런 말을 하다니.”

카즈코는 마침내 매끈한 뺨에 눈물을 뚝뚝 흘리며 마나부를 꽉 껴안았다.

그 목덜미에서는 그리워하던 달콤한 향이 피어올랐고, 그 몸의 무게는 아주 살짝이지만 어머니와의 머나먼 기억을 떠올리게 했다.

마나부는 이상하게도 아홉 살이 될 때까지 있었던 어머니와의 추억을 거의 기억하지 못했다. 아마 떠올리면 괴로운 일은 모두 어둠에 싸서 버리고 말았을 것이다. 마나부는 그렇게 자신의 기억마저도 가두고 여태까지 살아온 것이다.

카즈코는 한동안 마나부를 껴안고 훌쩍훌쩍 울었다. 그러더니 잠시 후 몸을 떼고 눈시울에 손수건을 대더니, 눈가가 빨개진 채 우는 얼굴로 미소를 지었다.

"엄마는 말이지, 지금까지 널 힘들게 한 만큼 앞으로는 즐거운 일을 많이 경험하게 하고, 웃으면서 지내도록 해주고 싶어."

"그 말씀은……, 무슨 뜻이에요?"

"테루코 씨가 아버지가 없어졌다고 편지를 보냈어. 아직 돌아오지 않았지?"

마나부는 고개를 끄덕였다. 테루코는 아버지의 실종도 편지로 알린 듯했다.

그러나 진실은 아무도 모른다. 분명히 유타로 이외에는.

"지금 엄마는 너를 맡아도 아무 문제도 없을 정도로 보통 사람들 이상의 생활을 보내고 있단다. 남편의 장사가 성공했거든……. 유카는 말이지, 장래에 선생님이 되고 싶다고 해서 열심히 공부하고 있어. 가정 교사도 붙였단다. 프랑스인 선생님한테서 피아노도 배우고 있고."

"그렇구나……. 굉장하네요. 피아노 칠 줄 아는구나."

"나 있지, 저번에 학교에서도 다른 애들 앞에서 피아노 쳐서 칭찬받았어. 선생님보다 더 잘 친대."

유카는 주눅 들지 않은 모습으로 마나부에게 득의양양하게 자랑했다. 마나부는 조금 전에 막 만났음에도 불구하고 벌써 마음을 터놓은 것처럼 말을 걸어오는 그 모습에 감동했다. 풍족하게 자란 아이가 지닌 온 세상의 사랑을 독점한 듯한 이 독특한 자유분방함은 유타로와 비슷한 점이 있었다. 마나부는 자신이 금방 이 아이를 좋아하게 되고 말 것이라는 생각이 들었다.

"그러니까 마나부. 아버지는 언제 돌아올지 모를 것 같으니, 우리 집에 오지 않으련?"

마나부는 뜻밖의 제안에 눈을 휘둥그레 떴다.

그리고 어머니가 이곳에 온 이유를 겨우 헤아렸다. 카즈코는 아들 마나부를 데리고 가기 위해 일찍이 남편과 아이까지 남기고 나간 저택으로 돌아온 것이다.

"네……? 하, 하지만……, 어머니의, 남편분은……."

"물론 벌써 이야기는 해 두었어. 그 사람은 환영한다고 해줬단다."

모든 준비가 된 상태에서 이곳을 찾아온 듯했다. 생각해보면 남편의 양해도 없이 이런 제안을 할 리가 없었다.

마나부는 그렇냐며 답할 뿐, 한동안 뭐라 대답할 수도 없었다.

마나부는 어머니가 이곳을 찾아올 거라 생각한 적도 없는 데다, 물론 어머니가 있는 곳으로 갈 거라는 상상도 한 적이 없었다.

그녀의 방문은 너무나도 갑작스러웠던 탓에, 마나부는 아직 꿈속에 있는 듯한 기분으로 아름다워진 어머니와 갑자기 나타난 여동생을 반쯤 남처럼 바라보고 있었다.

카즈코는 생각에 잠겨 있는 마나부에게 더 가까이 다가가서 애원했다.

"부탁이야, 마나부. 엄마랑 같이 가자. 나에게 그동안의 속죄를 하게 해줘."

"말도 안 돼요……, 속죄라니……."

"엄마는 엄마로서 실격이었어. 정말로 지옥에 떨어져도 할 말 없는 엄마였어. 새로운 생활을 보내는 동안 점점 저택에서 발길이 멀어지고, 결국 가까이 가지도 못하게 되고 말았지. 네 얼굴을 조금이라도 보고 싶었지만, 아버지가 보면 죽일 것 같아서……. 하지만 지금 아버지는 이곳에 없잖아. 이건 신이 엄마에게 마나부와의 시간을 처음부터 다시 시작하라고 주신 기회라고 생각했단다."

"다시 시작……."

"그래. 너를 불행한 상황에 처하게 만들고 만 이 죄를 너를 행복하게 해줌으로써 조금이라도 속죄하고 싶구나. 엄마는 너와 같이 살고 싶어. 네가 이곳에서 혼자서 외롭게 사는 것보다 따뜻한 가정에서 지내게 하고 싶단다."

'나는……, 불행했던 걸까?'

마나부는 잘 이해할 수 없었다. 확실히 아버지에게 실컷 폭력을 당했을 때는 괴로웠을 테니 불행했다고 할 수 있었다. 하지만 마나부에게는 유타로가 있었다. 유타로와 함께한 시간은 불행하지 않았다.

── 마나부, 마나부……. 넌 정말 불쌍해…….

유타로의 목소리가 머리에 되살아났다. 마나부 본인이 느끼지 못한 점을 주위 사람들은 모두 알고 있었던 걸까?

'내가 그렇게나 불쌍해? 유타로. 나는 그렇게나 불행했어?'

마나부가 침묵하고 있자, 카즈코는 갑자기 냉정을 찾은 듯 자세를 바로 하고 목덜미에 살짝 흐트러진 흑발에 손가락을 가져다 댔다.

"미안하구나, 곤란하게 해서……. 갑작스러웠지……?"

"저, 어머니……, 저는."

"괜찮아, 마나부. 지금 당장 답을 내지 않아도 돼. 천천히 생각하고, 네 좋을 대로……."

그때, 갑자기 방 밖이 소란스러워졌다. 무거운 가죽 구두 소리가 가까워지는가 싶더니, 건물을 무너뜨릴 듯한 기세로 미닫이문을 열어젖히며 낯빛이 벌게진 유타로가 뛰어 들어왔다.

"유, 유타로……."

유타로는 어안이 벙벙해진 채 경직된 카즈코를 힐끗 내려다보더니, 거친 어조로 말을 내뱉었다.

"당신은 대체 뭐 하러 온 겁니까?"

유타로는 이 여자가 누군지 알고 있는 듯했다. 누구한테서 들었는지, 유타로는 이곳에 마나부의 모친이 와 있는 사실을 알고 다급히 찾아온 것 같았다. 핏기가 오른 뺨에 땀이 살짝 맺혀 있었다.

처음에는 갑자기 쳐들어온 사람을 보고 놀라 말도 안 나오는 상태였던 카즈코는 점차 상황을 이해하기 시작했다.

"당신은……, 설마 도련님……?"

카즈코는 그리운 듯 "이렇게 훌륭하게 자라셨네요." 하고 말했지만, 유타로에게서는 그리워하는 기색 같은 건 조금도 느껴지지 않았다.

"마나부는 저희 집 고용인입니다. 멋대로 데리고 가는 건 허락하지 않겠습니다."

"유, 유타로……, 아니야."

"자, 돌아가세요."

유타로는 마나부의 말도 듣지 않고 출입구를 가리켰다.

유타로와 카즈코 두 사람 다 가만히 서로를 노려본 채로 한동안 움직이지 않았다.

"알겠습니다……."

이윽고 카즈코는 그렇게 말하더니, 유카를 재촉하며 일어섰다.

"그럼 다른 날 다시 오도록 하죠."

"이제 오지 않으셔도 됩니다. 당신은 스스로 이곳을 나간 사람입니다. 마나부를 데리고 갈 권리는 없습니다."

"물론 억지로 데리고 갈 생각은 없습니다……."

카즈코는 수치심 때문인지, 얼굴을 살짝 붉히며 유타로에게서 시선을 피했다.

"마나부. 네 마음이 정해졌을 때 답을 들으러 올게……."

"어머니……."

카즈코는 밖에서 걱정스럽게 상황을 지켜보던 테루코에게 머리를 숙이며 조용히 건물을 나갔다. "어머니? 오라버니와 같이 집에 가는 게 아니었어요?"라는 어린 유카의 목소리가 멀리서 들려왔다.

마나부는 한동안 무슨 일이 일어났는지도 모르겠다는 듯이 멍하니 그 자리에 서 있었다. 마치 태풍이 휩쓸고 지나간 것 같았다. 어머니의 필사적인 모습이, 눈물을 글썽이는 젊고 아름다운 얼굴이 아직까지 마음에서 떠나질 않았다.

유타로는 기분이 언짢다는 듯 조끼 가슴 주머니에서 담배를 꺼내 불을 붙였다.

"유타로……. 어머니가 온 사실을 어떻게 알았어?"

"아오이가……, 아무리 봐도 상태가 이상해서 캐물었더니 고용인 건물에 손님이 온 것 같다고 알려줬거든."

"아오이 님께서……?"

왜 아오이가 이 일을 알고 있는 걸까? 무의식중에 밖에 있는 테루코를 보자, 그녀는 목을 움츠리며 왠지 미안하다는 표정을 짓고 있었다.

"상상은 가. 아마 고용인 중 누군가가 마나부의 어머니와 연락을 하고 있다는 사실을 알고 지금이라면 마나부를 되찾을 수 있으니 찾아오라고 전해라, 라고 제안이라도 했겠지. 안 그래, 테루코 씨?"

"아, 네……."

"당신은 마나부의 어머니와 친했던 것 같으니 말이야. 그래서 정기적으로 편지가 오는가 보다 싶었는데……, 이번 일은 탐탁지 않군."

담배 연기를 뿜으며 화가 치민다는 듯이 혀를 찼다. 그리고 귀신 같은 표정으로 마나부를 보았다.

"마나부. 설마 너, 어머니한테 돌아갈 생각은 아니겠지?"

"아, 아니……, 난 그럴 생각은."

"계속 내 곁에 있어 줄 거라고 했잖아!"

유타로가 갑자기 벌컥 화를 내자, 이를 본 테루코는 눈을 희번덕거렸다. 마나부는 황급히 유타로를 끌고 건물을 나갔다.

"유타로, 진정해……. 나는 어머니한테 가지 않을 거야."

정원에 있는 나무 그늘까지 와서는, 마나부는 유타로와 정면으로 마주 보며 필사적으로 달래려고 하였다.

"네가 걱정할 일은 아무것도 없어."

"정말이야……?"

"당연하지. 나는 네 곁에 있을 거야. 정말이야."

"마나부……."

유타로는 담배를 땅에 떨어뜨리더니 발로 비벼 껐다. 그러고는 머리를 벅벅 헝클더니, 발작처럼 마나부에게 바짝 다가서선 그의 몸을 세게 껴안았다.

"마나부, 마나부……."

"유타로……."

무척 불안했을 것이다. 마나부는 마치 어린아이처럼 매달리는 유타로의 등을 부드럽게 쓰다듬었다. 유타로는 마나부가 하는 대로 있으면서 그저 가만히 마나부의 몸을 껴안고 있었다.

"괜찮아……. 다음에 어머니가 오셨을 때 제대로 거절할게."

"응……."

"여기가 내가 있을 곳이야. 네 곁에 있는 게 제일 기분 좋은데, 다른 데 갈 리가 없잖아."

"응……."

유타로는 아직 어려서 분별력이 없는 아이처럼 그저 맞장구칠 뿐, 이미 거의 아무 말도 하지 않게 되고 말았다. 마나부의 가슴에 사랑스러운 감정이 넘쳐흐르고, 그와 동시에 어딘가 외로운 마음도 들었다.

'나는 유타로에게 나의 모든 것을 바쳤다고 생각했는데, 유타로는 아직 나를 완전히 믿고 있지 않아…….'

마나부는 유타로가 하고 싶은 대로 둔 채 그가 충분히 진정될 때까지 계속 그렇게 다정한 말을 해주며 그의 등을 쓰다듬었다. 그의 뿌리 깊은 불안이 조금이라도 녹아 사라져 가길 바라면서.

* * *

어머니가 갑자기 방문한 그다음 날의 일이었다.

마나부가 계단 난간을 행주로 닦고 있자 집사 쿠로다가 오더니, 그 일은 일단 멈추고 손을 씻고 오라고 말했다.

"다 씻으면 주방에 준비된 홍차를 아오이 님께 가져다드리도록."

"아오이 님께 제가…요?."

그 역할은 항상 쿠로다가 맡아 왔을 터. 망설이는 표정을 하고 있자, 쿠로다는 "아오이 님께서 직접 명령하셨다."고 말했다.

시키는 대로 아오이가 마음에 들어 하는 컵과 홍차가 든 포트를 쟁반에 담아 아오이의 방을 찾아갔다.

"실례하겠습니다." 하고 말을 건 마나부는 안에서 들린 "들어와."라는 답을 듣고는, 조심조심 문을 열었다.

아오이는 창가에 서서 하얀 검지로 레이스 커튼을 살짝 걷어 올리며 눈 아래에 펼쳐진 정원을 바라보고 있었다. 창문에서 쏟아지는 여름 햇살을 받은 아오이의 옆얼굴이 마치 한 장의 그림엽서처럼 아름다웠다.

아오이는 마나부가 방에 들어와도 시선조차 움직이지 않고, 표정도 변하지 않은 채 그저 입만 움직였다.

“고마워. 거기 놔둬. 나중에 마실게.”

“아, 알겠습니다.”

마나부는 아오이가 말한 테이블에 쟁반을 놓고는, 주뼛거리며 가볍게 인사를 하고 방을 나가려 했다.

그러자 아오이가 느닷없이 말을 걸어왔다.

“어젯밤에 당신 어머님께서 오셨다던데.”

‘역시 그 일 때문이구나.’

마나부는 긴장하면서 “네.” 하고 작게 대답했다.

“당신을 데리러 오셨지?”

“아, 네…….”

“어머님과 함께 가는 편이 좋지 않겠어?”

그때, 아오이는 처음으로 이쪽을 돌아보았다. 여전히 얼음처럼 차가운 그 얼굴은 마나부를 경멸하듯이 바라보고 있었다.

‘역시 아오이 님께서 테루코 씨에게 나를 데리고 가도록 편지를 쓰라고 명령하셨구나…….’

아오이는 마나부를 좋게 생각하지 않기 때문에 그런 일을 했을 것이다. 오라버니가 고용인인 남자에게 집착하는 모습을 좋게 여길 여동생은 없다. 아오이는 기회만 있으면 두 사람을 필사적으로 떼어 놓으려는 것이다. 마나부는 마음속으로 아오이에게 동정하면서도, 유타로를 떠올리니 그녀의 의지에는 거스를 수밖에 없다고 생각했다.

“내 나름대로 당신을 걱정하고 있거든. 아버님도 없어지신 것 같으니 혼자서 외롭게 있는 모습이 불쌍해서.”

“고, 고맙습니다…….”

“오라버니는 이런저런 말을 하겠지만, 모처럼 가족분들과 지낼 수 있게 됐으니 당신은 어머님의 제안을 받아들여야만 해.”

아오이는 단정하는 듯한 말투로 그렇게 말했다. 그 강렬한 눈동자로 꿰뚫듯이 쳐다보자, 마나부는 어떻게 하면 좋을지 몰랐다.

“어째서 아무 말 안 하는 거야? 어머님과 같이 갈 거지?”

“아, 아니요……. 저, 저는……, 그게…….”

“말귀를 못 알아듣는 사람이네.”

짜증이 난 아오이는 이윽고 진심을 입에 담았다.

“당신은 오라버니에게 악영향을 주는 사람인 것 같으니……, 아무쪼록 이곳을 나가주길 원했어.”

“죄, 죄송……합니다…….”

“내가 하고 싶은 말은 그뿐이야. 고마워, 수고했어.”

그렇게 말하더니, 다시 창문 쪽으로 홱 향하고 말았다.

기진맥진한 채 아오이의 방을 물러난 마나부는 비틀비틀 복도를 걸었다.

미움받고 있다는 사실은 물론 알았지만, 이런 말까지 듣고 나니 아무리 마나부라도 허무해지고 말았다.

'아오이 님은 결혼하면 어차피 이곳을 나가실 텐데……, 그래도 내가 이곳에 머무르는 게 싫으신 거야.'

오히려 자신이 이곳에서 없어지게 되기 때문에 오라버니와 다정하게 지내는 하인이 태연하게 눌러앉아 있는 것을 참을 수가 없었을지도 모른다.

마나부는 유타로에게도 말한 대로 이 저택을 나갈 생각 따윈 없었다. 어머니와 여동생을 만난 일은 물론 기뻤지만, 과연 벌써 몇 년이나 떨어져 있던 어머니에게 가서 거의 이야기해본 적도 없는 의붓아버지와 어제 처음으로 만난 여동생과 지내는 생활이 과연 행복하다고 할 수 있을까?

'그곳은 이미 '가족'이 완성된 상태야……. 이제 와서 내가 비집고 들어간들 이물질에 불과해……. 내가 그곳에서 편안함을 느낄 수 있을까 하면, 그건 아닐 거야…….'

서서히 익숙해져 갈지도 모르고, 모두와 잘 지낼 수 있을지도 모른다. 하지만 이곳을 나가버리면 유타로와 얼굴을 마주하기조차 힘들어지고 말 것이다. 두 번 다시 만나지 못하지는 않겠지만, 어머니도 의붓아버지도 저택의 주인과 만나는 데 호의적이지 않을 테고, 무엇보다 마나부 스스로가 견디지 못할 것이다. 이미 마나부는 유타로 없이는 살 수 없었다.

'아오이 님은 아마 화가 나셨겠지……. 하지만 난 거절할 수밖에

없어.'

마나부는 유타로와 함께 있고 싶었다. 자신을 위해 죄를 저지른 유타로를 도저히 버릴 수 없었다. 유타로가 없는 나날은 생각할 수 없었고, 이미 유타로의 일부가 된 것과 마찬가지인 마나부의 몸은 유타로와 떨어지면 숨이 끊어지고 말 것이다.

'유타로, 나는 네게 모든 것을 바쳤어……. 내 영혼은 네가 쥐고 있어.'

강한 의지 따윈 존재하지 않았던 자신이 유타로만큼은 원한다며 열망하고 있었다. 이것이야말로 마나부가 소설에서 나오는 아름답다고, 자신은 얻지 못할 마음이라고 느꼈던 사랑이라는 것일지도 모른다는 생각이 들었다.

'나는 '덜떨어진 놈'이니까……, 아직 사람다운 마음을 전혀 몰라……. 유타로라면 분명히 내게 그걸 가르쳐줄 거야…….'

연기에 에워싸여 종잡을 수 없었던 마나부의 마음이 유타로 생각을 할 때만은 화사하게 빛났다. 그 빛을 버리고 싶지 않았다. 더 깊이 느끼고 싶었다.

이미 마나부의 마음속에서는 저절로 답이 나 있었다.

하지만 아오이의 결의는 상당했다.

그녀는 마나부 본인에게 나갈 의지가 없다는 걸 보자마자 방법을 바꾸었다.

며칠 후 저녁, 박 껍질 벗기기를 돕고 있는 마나부에게 또 집사 쿠로다가 다가오더니 마나부를 불렀다.

“너를 찾는 손님이 왔다.”

“네……? 저한테요?”

쿠로다가 부르러 왔다는 건 저택 현관으로 들어왔다는 뜻일 것이다. 자신을 찾아올 손님은 저번에 왔던 어머니밖에 짐작이 가지 않았다. 하지만 어째서 고용인들이 사는 건물이 아니라 이리로 왔는지 의심스럽게 생각하며 가보니, 예상한 대로 현관에서 어머니와 여동생이 기다리고 있었다.

“어머니……, 유카. 어째서…….”

“그게, 여기 아가씨께서 초대해주셨어…….”

“네……? 아가씨, 라니…….”

“어머, 잘 오셨어요.”

2층에서 아오이가 들뜬 목소리로 인사하더니, 사뿐사뿐 계단을 내려왔다. 그리고 본 적도 없는 미소를 지으며 들은 적도 없는 고운 목소리로 “마나부 씨.” 하고 마나부에게 말을 걸었다.

“마나부 씨. 우선 일은 멈추고, 어머님과 여동생분하고 이야기를 나누세요. 가족끼리 보내는 시간도 소중하잖아요?”

“쿠로다, 괜찮죠?” 하고 아오이가 묻자, 나이 든 집사는 즉각 고개를 숙였다.

설마 이런 전개가 벌어질 줄은 생각지 못했던 마나부는 이유도 모른 채 넷이서 테이블을 에워싸게 되었다. 평소에는 손님을 대접하는 이 응접실에 앉는 건 아오이케가 찾아왔을 때가 처음이었고, 이번이 두 번째였다.

“지금 부군은 무슨 일을 하고 계신가요?”

“아, 그게, 남편은 옛날부터 요리를 좋아해서, 이곳에서도 종종 본인이 나서서 주방에 선 적이 있었답니다. 그래서 처음에는 호텔에서 수행을 하다가 본인 가게를 냈습니다.”

“어머나, 대단해라. 그래서 성공하셨군요.”

아오이는 카즈코와 유카가 몸에 두르고 있는 것을 빈틈없이 보고 있었나 보다. 과거 주인이었던 이에게 초대를 받은 탓인지, 두 사람은 저번보다도 한층 더 아름다운 차림이었다.

“언제 한번 점심이라도 하러 찾아뵙고 싶네요. 그쪽에 있는 따님은 지금 몇 살인가요?”

“이 아이는 12살입니다. 유카라고 합니다.”

“어머, 그렇구나. 유카 양, 요즘은 뭐 하고 노는 걸 제일 좋아해?”

“피아노요!”

유카는 씩씩하게 대답했다. 아오이는 의외로 아이를 좋아하는 것처럼 보였다. 유카의 천진난만한 모습을 보고는 자연스럽게 미소를 띠고 있었다.

“어머나, 피아노를 잘 치는구나. 여기에도 피아노가 있단다. 날 위해 쳐주지 않을래?”

“네, 물론이죠!”

“어머나, 유카…….”

카즈코는 아이의 단순함에 바로 일어난 유카를 다급하게 제지하려고 했다. 하지만 아오이는 곧바로 유카의 손을 잡고는,

"괜찮아요. 저는 유카 양과 피아노를 치고 올 테니, 두 분 모자는 아무쪼록 천천히 이야기를 나누세요."

그렇게 말하며 그대로 응접실을 나가고 말았다.

남겨진 카즈코와 마나부는 조금 어색하다는 듯 얼굴을 마주 보고는, 서로 쓴웃음을 지었다.

"아오이 님은 정말 다정한 아가씨로 자라셨구나."

"네……, 그렇죠."

마나부는 평소의 아오이의 태도와는 전혀 다르다는 사실은 어머니에게 말해봤자 별 수 없겠다는 생각을 하며 그저 동의했다.

아오이의 계획은 이대로 모자를 친밀한 사이로 만들어 떨어지기 힘들게 하려는 것일까? 확실한 의도는 모르겠지만, 아마 그럴 속셈일 것이다. 카즈코는 그저 다정한 아가씨의 오지랖이라고밖에 생각하지 않는 것 같았지만, 마나부를 데리고 가고 싶은 카즈코와 마나부를 쫓아내고 싶은 아오이의 목적은 일단 일치했다.

"마나부는……, 이 저택에서 어떤 일을 하고 있니? 역시 아버지의 뒤를 이어서 정원사를 하고 있으려나?"

"아니요, 아버지는 저한테 정원사 일은 가르쳐주지 않으셨어요……. 그래서 저는 취사장 일을 돕거나 저택 청소를 하거나……, 하녀들과 비슷한 일을 하고 있어요."

"어머나……, 그렇구나……."

카즈코는 처음에는 놀란 듯했지만, 금방 기쁜 표정을 지었다.

"그렇다면 그 사람 가게도 도울 수 있을지도 모르겠구나."

"네……? 제가, 가게를요?"

"응, 그래. 남편은 지금 '라이온 키친'이라는 이름의 양식집을 하는데, 우에노랑 아사쿠사랑 신바시에 점포가 있어. 조만간 더 늘려서 장차 너에게도 가게를 하나 맡길 수 있게 되면 좋겠구나."

이미 마나부가 집에 들어가기로 정해진 것처럼 카즈코는 꿈을 꾸는 듯한 눈으로 미래를 이야기하고 있었다. 마나부는 무척이나 죄송스럽고 떳떳지 못한 기분이 들어서 바로 자신의 결의를 전해야만 한다고 생각을 했다. 역시 이렇게 함께 갈 생각이 있다고 여기게 만드는 자리가 마련되는 건 좋지 않았다.

"어머니, 저는……."

그 순간, 홀 쪽에서 경쾌한 피아노 소리가 들려왔다. 아오이도 피아노를 배우고 있기 때문에 종종 이 저택에서 피아노 소리를 듣는 일은 있었지만, 무척 훌륭한 선율이었다.

"아아. 유카가 치고 있구나."

"흠……, 잘 치네요."

두 사람은 한동안 그 음색에 귀를 기울이고 있었다. 유카는 제법 실력이 좋았다. 피아노에 조예가 없는 마나부조차도 그 음색이 아름답게 느껴졌다. 학교에서 선생님보다도 잘 친다고 칭찬받았다는 것도 과장이나 예의상으로 한말이 아니었을지도 모른다.

갑자기 어째선지 카즈코가 코를 훌쩍이며 울기 시작했다.

"어, 어머니……, 왜 그러세요? 괜찮으세요?"

"아, 응, 미안하구나……. 왠지 유카가 이 저택에서 피아노를 치고 있다는 사실이 꿈만 같아서……."

그 말을 듣자, 마나부는 '아아, 그렇구나.' 하고 깨달았다.

어머니와 어머니의 현재 남편은 두 사람 다 이곳에서 고용인의 처지로 만났고, 불륜애를 키우며 마침내 사랑의 도피를 했다. 원래라면 피아노를 치기는커녕 저택 문턱을 넘는 일조차 어려운 입장일 터.

하지만 무척이나 쉽게 이렇게 초대받았고, 불륜 끝에 생긴 딸이 아카이 가문의 영애와 함께 피아노를 치고 있다 —— 그 기적에 감격하고 있는 것이다.

그러나 그 행복한 피아노 소리는 밖에 멈춘 자동차 엔진 소리에 감쪽같이 지워졌다.

'유타로야.'

오늘은 조금 이른 귀가였다. 내심 유타로가 돌아오기 전에 두 사람을 돌려보내고 싶었던 마나부는 완전히 초조해져 버린 상태로 안절부절못하며 주위를 둘러보았다.

"마나부, 왜 그래?"

"아, 그게……, 유타로가 돌아온 것 같아요."

"도련님이."

카즈코도 악연실색했다. 돌아가라며 유타로가 위압했던 일을 떠올렸을 것이다.

유타로는 요새 쓰이지 않던 피아노 소리가 들리는 것이 의심스러웠는지, 그는 응접실을 그대로 지나쳐 먼저 홀로 향한 듯했다.

마나부는 엉겁결에 일어나서 그 뒤를 따랐다. 설마 유타로가 유카를 상처 입히는 짓은 하지 않겠지만, 전의 험악했던 분위기를 생각하니 역시 걱정이 됐다.

“아오이, 뭐 하는 거야?”

“어머, 오라버니. 왜 그렇게 무서운 얼굴을 하고 계세요?”

마나부가 홀로 들어갔을 땐 이미 피아노 소리는 멈춘 채 아오이와 유타로가 대치하고 있었다. 전의 그 귀기가 감도는 유타로의 모습을 기억하고 있는 유카는 아오이의 뒤에 숨어서 위축된 채 있었다.

“알고 있는 거야? 그 아이는…….”

“오라버니가 좋아하는 분의 여동생이죠? 그렇다면 어째서 제가 사이좋게 지내면 안 되는 건가요? 오라버니도 저택에 있을 땐 신분이 다른 그분을 한시도 놓지 않으시면서.”

“그것과 이건 달라.”

유타로는 쾌활하게 웃는 아오이에게 벌레 씹는 표정으로 신음하듯 말했다.

“오라버니는 그분의 어머님과 이 여동생을 한번 쫓아내셨다고 하던데요. 좋지 않아요. 모처럼 만난 가족인데.”

“마나부는……, 이 저택의 고용인이야. 내 하인이라고. 멋대로 데리고 가면…….”

"그건 그분 자유잖아요? 만약 가족 곁으로 돌아가지 않는다면 더더욱 이렇게 우리 집에 오시게 해서 이야기 정도는 나누게 해줘야 한다고 생각하지 않으세요? 얼굴만 한번 보게 하고 쫓아내 버리다니, 너무하시네요."

아오이가 하는 말은 표면상 지당한 말이었다. 하지만 그 속에는 마나부가 나가길 바라는 의도만이 있었다.

유타로는 홀 입구에 가만히 서 있는 마나부와 카즈코를 언뜻 보았다. 그리고 시선을 유카 쪽으로 옮겼다. 유카는 아직 겁을 먹은 채 아오이의 어깨에서 살짝 얼굴을 내밀고 있었다.

"그것도……, 그렇군."

이윽고 유타로가 중얼거린 말에, 마나부는 귀를 의심했다.

"마나부, 미안했어. 내가 잘못 생각했던 것 같다."

"아……, 그러면……."

"네가 원할 때 어머니와 여동생을 만나도록 해. 단, 이 저택 안에서."

마나부는 어안이 벙벙한 채 "고맙……습니다."라는 말을 겨우 입에 담았다.

마나부가 나갈 것을 무엇보다 두려워하는 유타로가 이런 일을 인정할 리가 없었다. 그런데도 갑자기 태도를 바꾼 데는 무슨 이유가 있는 걸까?

기쁜 일인데도 왠지 안 좋은 예감이 든 마나부는 복잡한 표정을 지었다. 카즈코는 유타로의 허락이 떨어져서 안도한 듯 미소를 짓고 있었다.

그런 어머니의 얼굴을 보자, 마나부도 마음이 조금 풀렸다. 어쨌든 이렇게 당당하게 어머니와 여동생을 만날 수 있게 된 건 다행이었다. 마나부는 그저 유타로를 위해 두 사람을 멀리하려고 했기 때문에, 그 장본인이 괜찮다고 하면 마나부도 아무런 문제가 없었다.

아오이는 오라버니를 구슬렸다며 우쭐한 표정을 짓고 있었지만, 마나부는 유타로가 미묘한 미소를 띠운 모습이 그저 신경 쓰였다.

*　　*　　*

그 이후로 종종 카즈코 모녀는 아카이 가문의 저택에 초대를 받아 찾아오게 되었다. 도쿄에서 찾아오는 건 약간 멀었기 때문에, 조금 늦어지면 준비된 객실에서 자고 가는 경우마저 있었다.

아오이가 저택에 있을 땐 유카를 상대해주었기 때문에 마나부는 어머니와 둘이서 이야기할 기회가 많았다. 마나부는 어머니로부터 여태까지 있었던 여러 가지 일에 대한 이야기를 들었다. 이곳을 나가고 나서 어떻게 생활했는지. 유카가 태어났을 때의 일. 일하던 호텔을 그만두고 독립하여 아사쿠사에 양식집 라이온 키친 제1호점을 차렸을 때의 일 등.

"엄마는 마나부의 이야기도 듣고 싶구나."

"테루코 씨한테서 받은 편지를 보셨으니 알고 계시잖아요?"

"응, 그래도 네 입으로 듣고 싶어. 테루코 씨가 모르는 일도 있을 테고."

"제 이야기는……, 별로 재미있지도 않아요."

카즈코는 깜짝 놀라더니 슬픈 듯 눈을 내리깔며 "그렇지." 하고 고개를 숙였다.

어머니를 상처 입히는 말을 하고 만 건지도 모르겠다는 생각을 했지만 실제 마나부에게는 들려줄 만한 기억 그 자체가 없었다. 아버지에게 폭력을 당한 밤에는 무슨 일이 있었는지 모르게 되는 데다, 유타로와 있을 때조차 어딘가 색이 빠진 것처럼 애매한 시간이 있었다.

즐거운 일을 말하자면 유타로와의 추억이지만, 이 또한 지금은 조금 떳떳지 못하기 때문에 어머니에게 들려줄 만한 이야기가 아니라는 생각이 들었다.

"그래도 도련님께서 잘 대해주신다는 이야기를 들어서 엄마는 조금 구원받은 기분이었단다. 너와 도련님은 무척 사이가 좋지?"

"네, 맞아요……. 유타로는……, 아, 유타로가 그렇게 부르라고 했어요."

"어머나. 복 받았네. 도련님에게 연정을 품은 하녀들이 질투하는 것 아니야?"

"네, 그럴지도 몰라요……. 유타로는 정말로 멋진 사람이니까요."

마나부는 처음에는 유타로의 태도를 의심쩍게 여겼지만, 서서히 유타로가 카즈코와 유카에게 익숙해져 가는 모습을 보면서 처음에 들었던 나쁜 예감은 기우였다며 안도했다.

지금도 유타로는 유카와 어울려 정원을 산책하고 있었다.

"아아 맞아, 오늘 밤에는 볼일이 있었어. 슬슬 그만 가야 되겠구나……."

"알겠어요. 그럼 제가 유카를 불러올게요."

마나부는 홀을 지나 정원으로 나갔다. 하코네 별장은 고향보다 저택 자체는 작지만, 부지는 제법 넓었다. 아사코 부인의 취미로 국화를 재배하는 곳도 있으며, 그곳에서 전문 장인이 국화를 키우고 있었다.

그곳을 빠져나가 조금 걸어가던 마나부는 곧바로 두 사람을 발견했다. 하지만 바람에 실려 들려온 두 사람의 목소리를 듣고는, 마나부는 저도 모르게 움직일 수가 없었다.

유카는 나무 그늘에 앉은 유타로의 무릎 위에 올라탄 상태로 있었다. 두 사람의 모습은 정말로 즐거워 보였고, 유카도 이미 완전히 유타로를 따르게 된 것 같았다. 마나부는 그 광경보다도 두 사람이 속삭이는 말을 듣고 얼어붙어 있었다.

"유카는 오라버니랑 살고 싶어?"

"응. 어머니께서 그렇게 말씀하시니까. 금방 같은 집에서 밥을 먹게 될 거라고 하셨어."

"그렇구나……. 유카는 오라버니를 좋아해?"

"응, 좋아해. 어머니랑 얼굴이 똑같잖아. 다정하고 예쁘니까 좋아해."

"그럼 나는?"

"유타로 님도 좋아해!"

"그렇구나. 기쁘다. 그럼 유카는 미래에 내 신부가 되고 싶어?"

"응, 물론! 유타로 님처럼 예쁜 남자를 만난 적은 없는걸."

"그래……, 기쁘다. 그럼 꼭 신부가 되어줄 거지?"

"응! 약속!"

마나부는 겨우 "유카." 하고 목소리를 냈다.

유카는 마나부를 보고 기쁜듯이 일어나 그에게 달려왔다. 그 천진난만한 미소를 어둡게 하지 않기 위해 마나부는 필사적으로 아무렇지도 않은 척했다.

"오라버니, 왜?"

"어머니가 부르셨어. 이제 가야 된대."

"그렇구나……. 알겠어."

유카는 섭섭하다는 듯한 표정을 지으면서도 말을 잘 알아듣고 고개를 끄덕였다. 마나부가 유타로와 할 이야기가 좀 있다고 말하자, "그럼 또 올게." 라며 씩씩하게 말하고는 저택을 향해 뛰어갔다.

유타로는 그 뒷모습을 바라보면서 킥킥 웃고 있었다.

"귀여운 아이구나. 미인이 될 거야. 너만큼은 아니겠지만."

"유타로……, 대체 무슨 속셈이야?"

"무슨 속셈이라니?"

"유카한테 그런 말을……."

"여동생한테 질투하는 거야? 마나부는 귀엽구나."

"난 진지하게 묻는 거야."

마나부가 경직된 얼굴로 유타로를 노려보자, 유타로는 흥 하고 코웃음을 쳤다.

"저 애랑 결혼하면 마나부와 형제가 될 수 있잖아?"

머리를 세차게 부딪힌 듯한 충격을 받은 마나부의 얼굴에서 핏기가 사라졌다.

"무슨 말을……, 하는 거야?"

"마나부가 여동생과 어머니와 만나서 기뻐하는 모습을 보고……, 가족이 그렇게 좋은 건가 싶더군."

유타로는 어두운 눈으로 웃고 있었다.

"그렇다면 나도 마나부와 가족이 되고 싶다는 생각이 든 거야. 그 사람들하고는 요전에 만났을 뿐인데 엄청 즐거워 보였어. 난 줄곧 너와 함께 있었는데, 그런데도 그런 촌놈들한테 널 빼앗길 거란 생각을 하면 정말이지, 그것만으로도 참을 수가 없어. 역시 핏줄은 강한가 봐. 분해. 정말 분해."

마나부는 문득 아버지가 없어졌을 때의 일을 떠올렸다. 그때의 혼란을 떠올렸다.

이대로라면 어머니와 여동생까지 없어지고 마는 게 아닐까?

―― 유타로의 손에 의해.

그런 망상에 사로잡힌 마나부는 냉수를 뒤집어쓴 것 같은 오한을 느끼며 몸을 떨었다.

"마나부, 왜 그래……? 얼굴색이 창백해."

유타로의 늠름한 팔이 비틀거리는 마나부를 에워쌌다.

"너, 너, 설마……, 그런 이유로 내 동생을……."

"그런 이유 말고 뭐가 있다는 건데?"

유타로는 자못 당연하다는 표정으로 고개를 갸웃했다.

"마침 잘됐잖아. 넌 내가 결혼하길 바라지. 난 너와 떨어지고 싶지 않지. 우리 둘의 희망이 멋지게 일치하잖아?"

"유카를……, 내 동생을 말려들게 하지 마!"

"그렇게 생각한다면 이제 한눈팔지 마."

유타로의 쑥 뻗은 커다란 손이 마나부의 뺨을 감쌌다. 바로 가까이서 보는 눈빛에 마나부는 영혼을 빨리듯이 움직일 수 없었다. 마나부는 그의 눈 속에 일렁거리는 검은 불꽃과 아름답고 잔인하게 일그러지는 입술을 보았다.

"마나부……, 네 모든 것을 알고 있는 사람은 나뿐이야. 넌 다른 녀석들과는 살아갈 수 없어……."

유타로는 어리광을 부리듯 속삭이고는, 천천히 마나부의 입술을 빨았다. 빨간 입술을 맛보듯이 입에 머금더니, 혓바닥으로 가지런히 나열된 이를 핥으면서 그 안으로 침입하여 겁에 질린 혀를 붙잡고 난폭하게 훑었다.

"응……, 흐으, 으……."

유타로는 마나부를 세게 껴안으면서 손바닥으로 등부터 허리를 훑더니, 엉덩이를 음란하게 주물렀다. 유타로가 바싹 가져다 댄 허리에서 이미 세차게 흥분한 그것을 느낀 마나부는 이제부터 그가 무엇을 하려는지 알아차리고는 악연실색했다.

"아……, 유, 유타로……, 안 돼……."

"괜찮아……. 또 안개가 꼈으니, 여기라면 아무한테도 안 보여."

"언제 누가 올지……."

"그러면 그만할게. 지금 난 네가 귀여워서 견딜 수가 없어……. 지금 당장 원해."

"자, 잠깐만……. 적어도 방에서……!"

항의의 말은 유타로의 입에 빨려 들어갔다.

마나부의 힘으로는 유타로를 도저히 당해 내지 못했다. 처음에는 저항하던 마나부도 금세 저항하기를 그만두고 한시라도 빨리 그 행위가 끝나길 바라는 것처럼 유순해졌다.

지금 당장 원한다는 말대로 유타로는 마나부의 그곳을 침으로 풀더니, 성급하게 비집고 들어갔다.

마나부는 땅에 무릎을 대고 나무줄기에 매달린 채 하카마만 아래로 내린 모습으로 유타로에게 범해졌다. 유타로는 여태까지 이런 적이 없었을 정도로 단단하게 끓어올라 그 집념을 드러내듯이 집요하고 끈적끈적하게 마나부의 안을 찔렀다.

"읗……, 크윽, 흐읏……."

마나부는 목소리가 새어 나가지 않도록 필사적으로 소매를 물었다. 유타로는 그런 마나부의 귓불을 머금고 혀를 넣으면서, 웃음기가 어린 목소리로 속삭였다.

"마나부는……, 사실은 억지로 당하는 걸 좋아하지? 이렇게 누가 볼지 모르는 곳에서 당하는 것도 좋아하고……. 내가 네 그런 마음을 모를 줄 알아?"

"응……, 으응……."

"귀여운 마나부……. 네가 해달라고 말하면 동아줄로 묶고 해도 좋고, 기절할 때까지 몰아붙이면서 해도 좋아……. 도구를 써서 해도 좋고. 난 너를 안는 것만으로도 더할 나위 없이 행복하지만, 그러면 네가 만족하지 못할지도 모르니까……."

"흐……으읏……."

기모노의 이음매로 들어온 손이 젖꼭지를 세게 비틀자, 아픔과 함께 찌르는 듯한 쾌감이 솟구치는 나머지 마나부는 눈물을 흘리며 정액을 쏟아냈다. 유타로는 마나부의 얕은 곳에 있는 가장 민감한 곳만 빙글빙글 자극했고, 마나부의 몸은 기쁘다는 듯 경련했다.

"아으읏……, 크윽, 흐으윽……."

"정액이……, 멈추질 않네, 마나부……. 네 몸은 정말로 음란해졌구나……. 귀여워……, 너무 귀여워……."

유타로는 나무 줄기를 쥐어뜯는 마나부의 손에 손가락을 살짝 대고 그 손을 떼어 내더니, 손가락 사이에 손가락을 휘감고는 끝없이 허리를 움직였다. 마나부는 그저 동물처럼 신음하며 부풀어 오른 성기에서 끊임없이 정액을 쏟아 엉덩이를 굵은 남근으로 꿰뚫리는 쾌감에 흐느끼는 유타로의 장난감이 되었다.

마나부는 다정하다고만 생각했던 유타로가 점점 변해 가는 모습에 겁을 먹으면서도 푹 빠져 있었다.

'유타로는 탐욕스럽고……, 제멋대로야……. 원래부터 그런 성향은 있었지만, 점점 심해졌어……. 다정한 왕이 폭군이 되려 하고 있어…….'

유타로는 뒤에서 찔러 대면서 마나부의 옷을 느슨하게 풀고는, 피부를 세심하게 더듬었다.

"네 이 피부……, 정말 그 어떤 곳에서도 볼 수 없어 ……. 마나부 너 자체만으로도 세상에 하나뿐인……, 내 보물이야……. 다른 모든 것과 바꿔도 좋을 만큼 가치가 있어……."

마나부를 몇 번이나 안아도 그때마다 유타로가 보이는 흥분은 점점 병적이 되어 갈 뿐이었기에, 마나부는 언젠가 자신이 안기다가 죽을 것 같다는 기분이 들었다. 마나부가 품 안에서 죽는다고 해도, 유타로는 개의치 않고 계속 그를 안을 것이다. 살이 녹고 뼈가 드러나도, 유타로는 마나부를 계속 범할 것이 틀림없다. 그런 망상을 해버릴 만큼 유타로의 정교(情交)는 격렬하고 집요했다.

그대로 세 번이나 마나부의 안에서 끝을 보는 동안, 유타로는 줄곧 마나부에게 삽입한 채로 있었다. 유타로가 겨우 가련한 청년을 해방했을 때는 이미 마나부는 거의 의식을 잃은 상태였다.

정신을 차렸을 땐 역시나 유타로의 침대 위에 있었다. 실컷 더럽혀진 몸은 깨끗하게 씻겨진 상태였으며, 기모노 또한 조금의 흐트러짐도 없었다. 유타로는 어디로 나갔는지 방에는 없었다.

마나부는 비틀거리며 일어나서 유타로의 방을 나갔다.

계단을 스륵 올라가자, 아오이가 창백해진 얼굴을 하고 층계참에 서 있었다.

'아아, 보고 있었구나.'

마나부는 아오이의 얼굴을 보고 금세 알았다.

"……추접스러운 남자 같으니!"

아오이는 입술을 바들바들 떨면서 마나부의 면전에 대고 욕을 했다.

"이 뻔뻔한 놈!"

"네……, 그 말씀대로예요."

마나부는 피로에 모든 것을 맡기고 피식 미소 지었다. 아오이는 그런 마나부의 표정을 보자 더더욱 얼굴이 굳어졌다.

이때 마나부는 자신도 어째선지 모르지만, 아오이를 두려워하는 마음이 스르륵 빠져나가는 것을 느꼈다. 그것은 그녀의 눈에 마나부를 경멸함과 동시에 공포에 떠는 기색이 비쳤기 때문일지도 모른다.

아오이는 언제나 거만하고, 아름답고, 의연하게 있어야만 했다. 사람을 가축처럼 내려다보며 냉혹한 입술로 비웃는 말을 입에 담는, 차가운 달의 여신 같은 위엄을 가지고 있어야만 했다.

이런 식으로 보통 사람처럼 마나부를 매도하고 겁을 먹어선 안 된다. 아오이는 지금 이 순간, 마나부의 안에서 저택의 여왕이 될 자격을 잃은 것이다.

"저는 더러운 남자이기 때문에……, 그런 행복한 가정에 들어가서 그곳까지 더럽혀버릴 수는 없습니다."

"이곳을 나가지 않겠다는 거야?"

아오이는 눈을 치켜올렸다.

"이 저택은 더러워져도 된다는 말이야……?"

"이곳은 그렇게 깨끗한 곳인가요?"

마나부는 고개를 갸웃했다. 순수하게 의문을 느끼고 아오이를 쳐다보자, 뺨에 화악 홍조를 띤 아오이는 기모노 자락을 펄럭이며 잰걸음으로 자리를 떴다.

마나부는 그녀가 무엇을 부끄러워했는지 모른다. 하지만 여왕이었던 그녀도 결코 남에게는 말할 수 없는 어떠한 행동을 한 적이 있구나. 마나부는 그런 생각이 들었다. 그러나 그런 건 마나부에게는 이미 아무래도 좋은 일이었다.

* * *

잠깐 동안 보냈던 가족과의 시간은 끝을 고했다.

마나부는 테루코를 통해 자신은 카즈코네 집으로 갈 의지가 없다는 사실과, 이제 아카이 가문의 저택에는 오지 않았으면 좋겠다는 생각을 전했다. 처음에는 몇 통이나 편지가 왔지만, 다 읽지 않고 버려버렸다. 그러는 사이에 소식도 뚝 끊기게 되었다.

유타로는 정원에서 마나부를 범한 날부터 연달아 매일 밤 마나부를 안았다. 갖가지 음란한 자세를 해보기도 하고, 각종 이상야릇한 도구를 써보기도 했다. 유타로는 뭔가에 씐 것처럼 마나부의 몸을 가지고 놀았다. 원래 젖은 듯이 생기있던 마나부의 피부는 한층 광이 나더니, 밤이슬에 젖은 하얀 꽃잎처럼 요염하게 빛나게 되었다. 밤마다 유타로에게 사랑을 받아 촉촉하게 기름까지 뜬 것처럼 마치 요부 같은 윤기와 색기마저 머금고 있었다.

어느샌가 아오이가 간섭하는 일은 없어졌고, 백작도 부인도 맞선 이야기 같은 건 전혀 하지 않게 되자, 유타로는 점차 대담해져 가는 것 같았다.

"아오이가 아버지한테 무슨 말을 했나 봐. 아버지는 '추문'이 도는 것을 걱정하고는, 즉각 너와 관계를 끊으라고 하셨어. 하지만 그런 얘기는 주위에 퍼뜨리지 않으면 밖으로 나가지 않거든. 게다가 전에 내가 제안한 작전으로 우리 회사와 경합하던 담배 회사를, 그 회사 사장의 문란하고 추잡스럽기 그지없는 생활을 폭로해서 세간의 비판을 유도하여 평판을 떨어뜨려 몰아낸 적도 있었지. 성실하고 정직한 아버지는 정보전에 약해. 그 점에서 난 성격이 나쁘니까 얼마든지 그런 일을 할 수 있어서 말이야. 그래서 만약 너와의 일로 나를 어떻게 할 속셈이라면 각오해 두라고 말씀드렸어. 털어서 먼지 안 나는 남자 따윈 이 세상에 없어. 못 찾으면 조작하면 그만이고. ── 그런 말을 주절주절 떠들어 댔더니, 아버지가 당장이라도 뇌출혈을 일으킬 것 같은 얼굴로 입을 다물어 버리시더군."

아이처럼 천진난만한 얼굴로 자못 유쾌하다는 듯 이야기하기에, 마나부도 덩달아 웃고 말았다.

요새 마나부는 유타로의 방에서 자버리는 일도 종종 있었다. 마나부도 점차 이성을 잊고 유타로와의 음탕한 생활에 포로가 되어 있었다.

'이것을 타락이라고 하는 걸까?'

유타로가 엉덩이 안까지 씻어주게 되면서, 마나부는 그나마 있던 수치심까지 모두 사라져 없어지고 말았다.

뿌리를 묶여 사정할 수 없게 된 채 그저 엉덩이를 주물리면서 유타로의 용솟음친 양근으로 안을 휘저이던 마나부는 여자처럼 엉덩이만으로 몇 번이나 절정에 달했다. 그 감각을 익히고 나서부터 마나부의 쾌감은 바닥없는 늪처럼 깊어지더니, 한번 떨어지자 빠져나올 수 없게 되고 말았다.

'아아, 그래도 나에게는 이런 생활이 어울려. 원래 난 꿈도 현실도 애매했으니, 이렇게 문란한 생활을 보낸들, 머리가 이상해질 만큼 절정에 달한들 딱히 달라질 건 없어.'

자나 깨나 물속을 떠도는 생활을 하고 있는 탓인지, 마나부는 요새 묘한 꿈을 꾸게 되었다.

끊임없이 저택의 정원 흙을 파고 있는 꿈이었다. 뭔가를 묻고 있는 꿈이었다.

가는 실 같은 불안한 달빛 속에서, 마나부는 정신을 놓고 열심히 구멍을 파고 있었다. 무서운 일도, 놀랄 만한 일도 일어나지 않았다. 그저 오로지 계속 땅을 파고 있는 것이다.

그렇다, 무섭지는 않을 텐데도 묘한 한기가 들어 잠에서 깼다. 그러나 마나부는 유타로의 품 안에 있음을 알고 안심할 수 있었다.

"왜 그래?" 하고 마나부가 일어난 것을 알아채고 말을 건 유타로에게 꿈 이야기를 하자, 유타로는 그런 꿈은 잊으라고 말하며 마나부를 다정하게 껴안고 다시 재워주었다.

유타로는 이미 모든 면에서 마나부를 지배하고 있었다. 마나부는 금세 어머니와 여동생 따윈 잊고 말았다. 마나부는 오늘 밤에는 어떤 행위를 당할지 생각하는 것만으로도 절정에 달할 뻔할 정도로 몸도 마음도 유타로의 것이 되었다. 그리고 마나부는 그렇게 된 것을 행복하게 여겼다. 그것이야말로 마나부가 바라던 일이었기 때문이다.

그러나 유타로의 다부진 몸을 받아들이는 데 익숙해졌다고는 해도, 지나친 황음은 마나부의 연약한 몸을 피폐하게 만들었다. 그날그날의 정사에 녹초가 되어 나른한 몸을 질질 끌던 마나부에게 어느 날, 유타로는 보여주고 싶은 것이 있다며 저택 안으로 데리고 갔다.

그곳은 마나부도 들어간 적이 없는 방이었다. 곳간처럼 튼튼하고 커다란 문은 방이라기보다 무슨 창고 입구처럼 보이기도 했다.

실제로 문을 연 순간, 그 안은 창고라는 사실을 알 수 있었다. 100평 남짓 되는 공간에 어마어마한 양의 책을 넣어 둔 서고였다.

"봐봐, 마나부. 이건 다 네 거야."

유타로는 마나부의 손을 끌고 천장까지 닿을 정도로 높은 책장과 책장 사이를 걸었다. 오래된 종이 냄새, 잉크 냄새에 둘러싸인 마나부는 그야말로 자신이 낙원에 있다는 생각이 들었다.

"양서, 금서, 고서, 수집가가 혈안이 되어 찾는 엄청 가치있는 책까지, 무슨 책이든 있어. 3만 권 이상은 있을 거야. 네가 평소에 읽는 책도 고루 있어. 시라카바는 창간호부터 다 입구에 가까운 이 책장에 진열됐고."

"설마……, 이 장서, 다 나를 위해서……?"

"응, 그래."

유타로는 쾌활한 웃음을 띠었다.

"이곳은 원래 아버지가 수집하시던 골동품이나 회화 같은 물건을 모아 두던 곳이었는데, 그건 전용 창고를 만들어서 옮겨 놨어. 나는 이 저택 안에 네 낙원을 만들고 싶었거든."

"낙원……."

유타로는 조금 전에 마나부 스스로가 이곳을 낙원이라고 생각했던 것을 그대로 꿰뚫어 본 듯 입에 담았다.

"네가 평생 걸려도 읽을 수 없을 만큼의 책을 모았어……. 이곳은 네 낙원이야. 그러니까 여기서 계속 있어도 분명히 지루하진 않을 거야."

"유타로……."

"나와 함께 이 저택에서 살아줘. 마나부……. 영원히."

격렬한 감정은 조금 늦게 찾아왔다. 마나부는 감동으로 가슴이 미어진 나머지 아무 말도 할 수 없었다.

그저 유타로의 넓은 가슴에 매달려서 눈물을 쏟았다. 유타로는 어디까지 자신에게 자비를 베풀어줄까? 어디까지 보상 없는 사랑을 쏟아줄까? 마나부는 이미 불안을 넘어 마비되고 만 것처럼 그저 꿈을 꾸는 기분이었다.

'아, 맞다. 책이야. 나에게는 책을 읽는다는 행복한 시간이 있었어.'

마나부는 한동안 그것을 잊고 있었다. 요즘 거친 풍파에 시달리며 눈이 팽팽 돌아갈 것 같은 나날 속에서 자신에게도 평온함을 얻을 수 있는 한때가 있음을, 그 풍요로움을 어딘가에 내팽개쳐 두고 만 것이다.

"유타로……, 고마워."

"매일 좋아하는 책을 읽어. 그러면 분명히 악몽도 꾸지 않게 될 거야……."

"응……, 그러게. 분명히 아름다운 책의 세계를 꿈에서도 볼 수 있을 거야."

"마나부는 분명히 무의식중에 너무 여러 가지 생각을 하는 거야. 책에 몰두하면 돼. 그리고 쓸데없는 상상을 없애면 돼."

마나부는 그 꿈을 떠올렸다.

정신을 잃고 열심히 땅을 파던 자신의 모습을. 가는 달에서 넘치는 미덥지 못한 희미한 빛을.

결국 그 꿈에서 자신은 무엇을 묻으려고 했던 것일까? 마나부는 자신의 주위를 에워싼 관이 나오는 꿈을 꾼 적도 있다. 항상 죽음을 가깝게 느끼고 있기 때문에 그런 기묘한 영상만이 머릿속에 만들어져 있는 것일까?

이상한 꿈을 꾸고 있는 건지, 아니면 현실이 이상한 건지, 이미 마나부는 잘 알 수 없었다.

"나……, 요새 갑자기 이상해진 것 같은 기분이 들어."

"어째서? 넌 평소와 다름없어."

"네가 나를 정말로 무척이나 어리광 부리게 해주니까……, 무서운 게 없어져 버린 탓도 있을지 모르지만……, 왠지 딱 맞게 껴 있던 틀이 빠져버려서 형태가 없어져 가는 듯한 기분이 들어. 물처럼……, 정체가 없어져 버리는 듯한……."

"괜찮아. 마나부, 넌 너야."

유타로는 불안해하는 마나부의 뺨에 다정하게 입을 맞추었다.

"네가 물이 된다면, 그 물이 너 자신이야. 형태가 없어지는 게 무섭다면, 내가 예쁜 그릇을 만들어서 거기에 넣어줄게. 네가 어떻게 되더라도 난 마나부의 전부를 좋아해. 마나부 전원을 좋아하니까……. 사랑하니까."

"뭐야? 그……, 이상한 말투는."

나는 하나뿐인데. 그렇게 말하며 마나부는 웃었다.

낙원으로

예전 경합 상대가 뇌졸중으로 반신불수가 되었다는 이야기를 듣고도 유타로는 눈썹 하나 까딱하지 않았다.

예전에 온갖 수를 써서 몰아낸 상대였다. 이제 와서 영락한 상황을 들은들, 자신과는 아무런 상관도 없는 일이라며 한 귀로 듣고 한 귀로 흘렸다.

유타로는 대형 신문사에 상대를 비방하는 기사를 수십 일 동안에 걸쳐 연재시키고, 여론을 아군으로 만들면서 상대의 신용을 실추시켰으며, 추격타를 가하듯 상대 회사의 간판을 사원에게 부수도록 지시하기도 했다.

당시 유타로는 아직 학생이었지만, 일찍부터 아버지의 일을 보며 자란 그는 유례가 드문 장사의 재능을 보였고, 아버지의 기대를 받아 이미 경영에 깊이 관여하고 있었다.

부친 노부오는 유타로가 이때 내린 지시를 "너무 난폭하다."라며 타이르려 했지만, 애당초 외래 담배는 독이라며 우리를 비방한 건 상대편이기 때문에 두 배로 혼내주지 않으면 우리가 불이익을 당한다며 아버지의 직언을 듣지 않았다.

결과적으로 상대는 그 후, 경영 방침을 잘못 잡아서 자멸했지만, 그 계기가 유타로의 전략에 있었다는 사실은 부정할 수 없다.

하지만 패잔군이 어떻게 되든 유타로는 전혀 관심이 없었다. 꼴좋다는 생각도 하지 않았고, 불쌍하다며 동정하지도 않았다. 유타로에게는 자신의 앞길을 막는 눈앞의 장애물과 사랑스러운 마나부밖에 보이지 않는 것이다. 이미 장애물조차 아닌 존재 따윈 시야에 들어오지도 않았다.

"유타로. 넌 요새 잘해주고 있다. 아카이 가문은 너의 대에서 훨씬 번창할 거다."

노부오는 이렇게 유타로를 칭송함과 동시에 너무 강제적인 그의 방식에 우려를 표했다.

"너는 목적을 위해서라면 수단을 가리지 않는 점이 있어. 그게 돌이킬 수 없는 일로 이어지는 건 아닐지 불안하게 느껴질 때가 있구나."

"안심하세요, 아버지. 저는 남들에게 손가락질을 당할 일은 하지 않을 생각입니다. 적어도 주위에 그렇게 보일 만한 일은 말이죠."

유타로가 미소 지으며 그렇게 받아치자, 더이상 노부오는 아무 말도 하지 않게 되었다.

예전에 마나부와의 일을 추궁하자, 유타로가 갑작스럽게 변한 일을 계기로 부친은 아들을 두려워하게 되었다.

물론 그것은 유타로가 이미 계산했던 것이었다. 더 이상 마나부와의 일에 대해 주위에서 아무 말도 하지 않게 하기 위해서는 약간 자극이 센 말을 해서라도 현재의 가장인 아버지가 입을 다물게 할 필요가 있었다.

'마나부는 내 전부야……. 무엇과도 바꿀 수 없어……. 결코 손에서 놓지 않을 거야…….'

마나부의 전부를 손에 넣은 지금, 유타로는 무서울 게 없었다. 있다고 한다면, 그것은 마나부를 잃는 것뿐이었다.

"이봐, 아카이. 너, 드디어 그 아이를 네 것으로 만들어버렸어?"

대학 시절 친구인 아오이케는 임신 중인 아내가 있으면서도 여전히 밤놀이를 멈추지 않았다. 회사 상담 건으로 제국 호텔을 방문한 유타로가 돌아가려다가 아오이케와 우연히 마주쳤고, 그 뒤에서 불륜 상대로 보이는 여자가 잰걸음으로 가는 모습을 보았다. 아오이케는 그 여자를 데려다주려고 하지도 않고 우연히 만난 유타로에게 흥미가 옮겨갔다는 듯이 만난 김에 놀러 가지 않겠냐며 권유했다. 어쩔 수 없이 한 잔만 마시겠다고 했지만, 아오이케가 성가시게 질문하는 데는 질려버렸다.

"그렇다면 뭐?"

"오호, 부정하지 않네? 넌 엄청나게 여자를 좋아하는 줄 알았는데, 취미가 바뀌었다는 건 그 아이는 어지간히 그쪽을 잘하나 보군."

"마나부를 모욕하지 마."

"모욕하는 것 아니야. 잠자리가 능하다는 건 최고의 칭찬이잖아? 아니면 역시 얼굴인가? 네가 얼굴 밝히는 건 친구들 사이에서도 유명하다고. 일류 기생이라도 생김새가 마음에 안 들면 바로 쫓아버리는 거에는 두 손 들었어."

"여자는 그렇지만, 마나부는 그렇지 않아. 물론 그 녀석도 얼굴이 아름답지. 하지만 사랑하는 이유는 그뿐만이 아니라고."

"대체 왜 그렇게 미쳐버린 거지?"

아오이케는 기가 막힌 듯한 말투로 말하며 어깨를 움츠렸다.

"난 네가 더 현명한 남자라고 생각했는데 말이야."

"하고 싶은 말이 뭔데?"

"그럼 친구로서 충고하지."

아오이케는 몸을 내밀고는 어렴풋이 웃던 얼굴을 거두고 정색하더니, 유타로의 눈을 똑바로 쳐다보았다.

"그 애와의 관계는 그만하는 게 좋을 거야."

"무슨 뜻이야?"

"난 그 아이의 얼굴이 계속 마음에 걸렸어. 그런 건 처음 봐. 넌 짊어질 수 없는 성가신 인간일지도 모른다고."

뭐야, 그런 얘기였어? 라며 유타로는 내심 코웃음을 쳤다.

아오이케가 어디까지 관상을 볼 수 있는지 모르겠지만, 복잡한 마나부를 꿰뚫어 보았으니 역시나 실력이 있다고 할 만하다. 그러나 자신보다 더 마나부를 아는 자는 없을 거라고 확신하는 유타로에게는 아오이케의 이 충고가 우스꽝스러운 말로밖에 여겨지지 않았다.

"뭐, 생각해볼게."

"이봐, 난 진심으로 널 걱정하고 있다고."

"넌 남보다 본인 걱정을 해야 하지 않을까?"

"난 걱정할 일이 아무것도 없는데."

"아까 그 여자, 유부녀지? 게다가 꽤나 신분이 높은 사람이던데."

잠깐 본 것뿐인 인상이었지만, 그 몸에 차고 있던 것, 화장과 머리를 묶은 모양, 분위기로 봤을 때 아마 맞을 것이다. 게다가 아오이케가 풋내 나는 계집애보다도 그런 원숙한 부인을 선호하는 사실을 오랫동안 친구로 지낸 유타로는 알고 있었다.

아오이케는 유타로의 지적에 유쾌하게 휘파람을 불었다.

"역시 대단해. 잠깐 보기만 했는데도 안 거야?"

"네 방탕한 행동거지는 언젠가 몸을 망칠 거야."

"괜찮아……. 어차피 오래 살 생각 따윈 없거든. 최대한 이 세상을 즐기려고 하는 것뿐이야."

과연, 그것도 삶의 방식 중 하나겠지. 유타로는 그렇게 납득하고 더는 충고하지 않았다.

아오이케는 확실히 학장 시절보다도 마른 데다 건강해 보이지 않는 창백한 피부를 하고는, 눈 아래에 거뭇한 기미가 낀 얼굴로 담배를 뻑뻑 피우고 있었다. 그의 주머니에는 항상 위스키가 든 작은 병이 들어 있었고, 공공연하게는 말할 수 없는 물건에까지 손을 대고 있다는 소문도 들었다. 분명 오래 살 생각은 없는 듯했다.

재벌가의 삼남인 아오이케는 평생 놀고먹는 생활이 보장되어 있었다. 그러나 지위도, 책임도 목표도 없다. 그러면 남자는 타락하는 것이다. 아오이케는 돈만 있는 덧없는 나날을 황음으로 달래고 있었다.

'난 타락했을까?'

유타로는 문득 그런 생각을 했다.

'난 명백하게 마나부를 얻고 나서부터 지나치게 성욕이 커졌어. 할 수만 있다면 매일 마나부를 안기만 하는 생활을 보내고 싶어……. 하지만 이상하게도 일에 대한 의욕은 늘어 가고 있어.'

그건 마나부와 함께할 낙원을 만들어 내기 위해서였다. 유타로는 마나부를 숨겨 두고 살 만큼의 재력을, 주위에서 불평하지 못하게 만들 만큼의 권력을 유지해 나가야만 했다. 그렇지 않으면 이 가문 따위 의미도 없었다.

그 사랑스럽고 가련하고 아름다운, 유타로에게 오직 하나뿐인 존재를 끝까지 지키기 위해서.

"그러니까 난 괜찮아. 너한테는 미래가 있잖아. 그러니까 좀처럼 보이지 않는 친절을 이렇게……."

"난 마나부와 함께하기 위한 미래를 만들고 있어."

아오이케는 멍한 표정으로 유타로를 보았다.

"지금은 그러기 위한 길을 만들고 있는 거고."

“흐음. 그렇군.”

막힘 없이 단언하는 유타로를 찬찬히 바라보던 아오이케는 가망이 없다는 듯 손을 떼겠다는 자세를 취했다.

“그 애가 이미 널 집어먹은 후였군.”

—— 집어먹었다.

과연, 그런 식으로 불리는 것도 나쁘진 않군. 유타로는 그렇게 생각하며 미소 지었다.

며칠 후, 유타로는 마나부와 기차를 탔다. 쿠사츠에 있는 온천에 가기 위해서였다.

산의 나무들이 색을 띠기 시작한 무렵이라 단풍놀이를 하기에도 딱 좋은 시기였다.

“유타로와 이렇게 둘이서만 어디 가는 건 처음이네.”

“응, 그러게. 하지만 여행은 앞으로 몇 번이든 갈 수 있어. 단둘이서 말이야.”

마나부의 귓불이 발그스름하게 물들었다. 유타로는 지금 당장 그의 귓불을 입에 물고 싶다는 충동이 일었지만 열심히 참았다. 료칸 방에 들어가면 얼마든지 마나부를 애무할 수 있다. 뜨거운 쿠사츠 온천물에 달아오른 마나부의 살은 얼마나 아름다울까. 그런 상상을 하기만 해도 유타로의 가슴은 떨렸다.

매우 바쁜 유타로가 큰일을 하나 마무리한 다음 휴식 삼아 마나부를 동반하여 쿠사츠에 다녀오겠다고 알렸을 때, 아버지는 몹시 못마땅한 표정을 지었지만 더는 이의를 달진 않았다. 결혼식을 바로 눈앞에 둔 여동생 아오이는 새파랗게 질린 얼굴로 유타로를 뚫어지게 바라보았지만, "오라버니는 정말 유별나시군요." 라고 한마디 하더니 그대로 입을 다물었다. 어머니는 피곤한 얼굴로 한숨을 쉴 뿐, 아무 말도 하지 않았다.

폭언을 듣지 않은 건 다행이었지만, 불만을 여실히 드러내는 가족의 태도만으로 도 유타로는 기분이 상했다.

유타로는 여태까지 완벽한 아카이 백작 가문의 후계자로서 매진해 왔다. 누구보다도 제왕이 되어라, 군주가 되어라, 그런 말을 들으며 면학에 힘쓰고, 몸을 단련하였으며, 사람의 마음을 장악하는 방법을 배우며 누가 봐도 훌륭한 백작 가문의 장남으로 비치도록 피나는 노력을 해 왔다.

그런데도 완벽해지려고 하면 할수록 아버지의 마음은 왠지 모르게 멀어졌고, 어머니도 어딘가 남처럼 대했다. 여동생은 지나칠 정도로 그를 따랐지만, 그만큼 마나부에 대한 혐오감이 심했다.

'나는 아카이 가문을 부흥시키고 있어. 회사도 성공으로 이끄는 중이고. 후계자로서의 역할은 다하고 있을 터. 어떠한 불평도 들을 이유가 없단 말이야.'

자신에게 무엇을 더 원하는 건가. 결혼해서 아이를 낳는 일? 피가 그렇게나 중요한가? 이미 그건 무의미하다는 걸 알고 있을 텐데?

유타로의 가슴은 아카이 가문을 향한 불만으로 부풀어 올라 있었다. 마나부를 향한 사랑이 타오르는 것과 반비례하듯, 이미 증오라고 불러도 상관없는 감정이 되어 있었다.

하코네의 저택을 마나부와 함께할 완전한 낙원으로 만들기 위해서는 제거해야 할 요소가 몇 개나 있을 것 같았다. 신중하고 치밀하게 생각해야만 한다.

유타로는 불온한 계획을 세우면서도, 마나부를 곁에서 느끼고 있는 이 시간만큼은 마음이 잔잔하고 평온해질 수 있었다.

오늘은 일등차를 타기 위해 마나부도 그에 어울리는 옷으로 갈아입혔다. 항상 하카마 차림이었던 마나부는 처음으로 입은 양장에 무척이나 당황스러워하는 모습이었지만, 전통 의상을 입었을 때보다도 어째선지 더욱더 어리게 보이는 나머지 유타로의 가슴을 설레게 했다.

"유타로, 나, 이상하지 않아?"

"안 이상해. 정말 잘 어울려."

"왠지 묘한 기분이야. 난 역시 항상 입고 다니는 차림이 좋은데……."

"일등차에서 그 차림을 하고 있으면 오히려 눈에 띈다고. 마나부는 주목받는 게 싫잖아?"

그렇게 말하며 설복시켰지만, 양장 차림을 하니 마나부의 때 묻지 않고 가련한 자태가 더욱더 두드러지는 바람에 기차에 탄 신사숙녀가 힐끔힐끔 시선을 던졌으며, 평소보다 사람들의 이목을 끌고 말았다.

'마나부……. 넌 역시 아름다워.'

마나부는 평소 얌전했고 음침한 표정으로 고개를 잘 숙이고 다녀서 그다지 눈에 띄지 않지만, 원래 단정한 얼굴을 하고 있었다. 요새는 유타로가 자신과 함께 식사를 하게 하면서 질 좋은 음식을 먹이고 있기 때문인지 너무 말라서 불쌍할 정도로 마나부의 홀쭉했던 몸도 윤기가 흘렀다. 또한 사랑스럽게 둥그스름해지고 혈색도 좋아져서 본래 마나부가 가진 아름다움을 보이게 되었다. 또한 유타로가 집요하게 원하기 때문인지 눈동자가 항상 꿈을 꾸는 것처럼 관능을 자극하듯 글썽거렸으며, 잘 내리뜨는 긴 속눈썹 안에서 반짝반짝 빛나는 모습 역시 지독하게 선정적이었다.

'마나부는 닦으면 윤이 나는 원석 그 자체야……. 이 가치 있는 보석은 어디에도 없는 복잡한 색으로 빛나며 모든 이를 매료시키는 극상품이 되겠지…….'

마나부의 살을 되도록 남에게 보여주고 싶지 않았던 유타로는 사전에 온천이 달린 고급 객실을 부탁해 놓았다. 마차를 타고 떠들썩한 온천 지역에서 떨어진 전통 있는 훌륭한 료칸에 도착하자, 유타로가 저녁 식사 전에 바로 온천에 몸을 담그자며 마나부를 재촉했다.

방은 두 칸이 이어져 30평이나 되는 호화로운 구조였으며, 온천물은 실내와 밖에 한 번 쓰고 버리는 노천온천이 있었다.

온천에 갈 거라면 왜 저택이 있는 하코네로 가지 않았는지 묻는다면, 그건 물론 아는 얼굴이 없는 곳에서 마나부와의 시간을 만끽하기 위해서였다. 이미 저택 안에서는 방약무인하게 마나부를 귀여워하는 유타로였지만, 저택 밖으로 한 발짝 나가면 지역 명사이며 지명도도 있는 이상 자중해야만 했다. 연기 나는 저택은 두 사람의 사랑의 소굴이라 마나부를 가둬 두고 귀여워하기에는 최고의 장소지만, 가끔은 이렇게 집을 벗어나 마나부에게 바깥세상을 보여주고 싶었다. 자신의 공상과 소설 속 세계밖에 모르는 마나부에게 더 여러 가지 것을 보고, 듣고, 직접 만지게 하며 이 세상의 기쁨을 알게 해주고 싶었다.

멋진 차림을 한 두 사람은 도저히 주인과 하인으로는 보이지 않을 것이다. 그렇다고 해도 두 사람은 체격 차이가 있기 때문에 같은 나이로는 보이지 않았다. 형제 아니면 친척……, 또는 그 친밀한 모습을 보고 두 사람의 관계를 간파하는 사람도 있을지 모르지만, 이 땅에서는 그래도 상관없었다.

"쿠사츠에 온 건 처음이야……. 이 온천은 유명하지?"

"그래. 그 8대 장군 요시무네가 에도까지 이 온천물을 가지고 오게 했다는 이야기가 있을 정도야."

"그렇다면 꽤나 효과가 좋은가 보네. 내 이 연약한 몸도 조금은 튼튼해질지 몰라……."

바위로 만들어진 목욕탕에 넘실넘실 채워진 온천물 속으로 마나부의 하얀 알몸이 천천히 잠겨 갔다.

"마나부, 뜨거워?"

"아니, 그렇게 엄청 뜨겁지는 않아."

"그렇구나, 다행이다. 나도 너무 뜨거운 데는 못 들어가거든. 오래 몸을 담그고 있을 수가 없어."

유타로는 마나부에 이어 욕조에 들어갔다. 확실히 전에 왔을 때 들어간 쿠사츠 온천물보다 훨씬 기분 좋은 온도였다. 그래도 가슴까지 잠기자 몸의 한가운데가 따뜻해지면서 땀이 조금씩 나기 시작했다. 유타로는 일상의 피로를 푸는 기분 좋은 열에 잠기면서, 맞은 편에서 조용히 밖의 경치를 바라보는 마나부에게 시선을 향했다.

이미 날은 저물어 서쪽에서 살짝 주홍빛이 번지는 남색 하늘에서 무엇을 보고 있는지, 마나부의 시선은 움직이지 않았다.

유타로는 문득 마나부가 자신 이외의 무언가에 정신을 팔린 데 견딜 수가 없어서 분한 마음이 들기 시작했다.

"마나부."

유타로가 다정하게 말을 걸자, 마나부는 꿈에서 깬 것처럼 멍한 얼굴로 돌아보았다.

"뭘 보고 있었어?"

"아……, 그냥 하늘빛을."

"하늘빛? 그렇게 신기해?"

"아니, 그렇진 않지만……, 고향이나 하코네에서 이렇게나 떨어진 곳의 하늘을 보는 건 처음이라서."

마나부는 조금 부끄러운 듯 고개를 숙였다.

"어디를 가도 하늘은 변하지 않는구나. 하지만 기분 탓인지 살짝 크게 보여. 너와 처음으로 단둘이서 온 여행이기도 해서 그렇겠지만……. 하늘이 정말 예쁘다."

"마나부……."

유타로의 가슴은 마나부의 말 하나하나에 뜨겁게 죄어들었다.

평소에 마나부가 아래에서 매달리는 듯 미덥지 못한 눈으로 올려다보는 모습을 보면 힘껏 끌어안고 실컷 귀여워해 주고 싶은 충동에 이끌리던 유타로였지만, 그 작은 입에서 나오는 말 또한 유타로의 가슴을 설레게만 했다.

"아, 유타로……."

참지 못한 유타로는 물속에서 마나부를 끌어안고는, 열렬하게 입을 맞추었다. 유타로의 욕정이 가득 찬 짐승 같은 입맞춤을, 콧방울을 실룩거리며 필사적으로 받아들이는 마나부가 점점 더 귀여웠다.

욕망에 따라 반지르르한 살갗을 애무하고, 목덜미를 물고, 젖꼭지를 빨고 잘근잘근 깨물면서 하복부에 결실을 본 그것을 주물러 주자, 마나부는 금세 열을 내며 애달픈 목소리로 헐떡였다.

"유, 유타로……. 안 돼, 이런 곳에서……."

"네가 귀여운 말을 해서 안 돼."

"저, 적어도 온천 밖, 나가서, 이불에서……."

"그렇게나 못 기다려."

바위 가장자리에 매달리게 하고는, 항문을 손가락과 혀로 꼼꼼하게 애무했다. 유타로를 몇 번이나 받아들인 마나부의 그곳은 살짝 만지기만 했는데도 음란하게 입구가 벌어지더니, 움찔움찔 꿈틀거리며 더 굵은 것이 침입하기를 애타게 기다리고 있었다.

현기증이 날 정도로 흥분한 유타로는 단단한 그것에 침을 발라 마나부의 엉덩이를 천천히 채워 갔다.

"아……, 아아……."

마나부는 달콤하게 숨을 토했다. 마나부의 점막은 미칠 듯이 꿈틀거리며 유타로 자신을 능숙하게 조였다. 당장에라도 내보내 버릴 뻔하던 것을 참으며 간신히 뿌리까지 채우자 배 속을 찌른 충격 탓인지, 마나부는 몸을 떨며 절정에 달한 상태였다.

"큭……, 마나부……!"

마나부는 절정에 달했을 때 안을 세게 조인다. 유타로는 엄청난 쾌감에 코피가 날 것 같은 느낌과 함께 참지 못하고 한 번 사정했다.

"하아, 아, 유, 유타로……."

"으으, 못 참겠어……. 움직일게, 마나부……."

듬뿍 토해낸 신수 덕분에 넣고 빼기가 쉬워지자, 유타로는 한층 단단하게 휜 그것으로 마나부의 안을 휘저었다.

참방참방 울리는 물소리와 질퍽질퍽, 넣었다 빼기를 반복하는 음란하게 젖은 소리가 섞여서 흡사 미약처럼 두 사람의 흥분을 부채질했다.

"앗, 앗, 하앗, 아, 굉장해, 아앗."

"오늘은 너도 무척 느끼고 있구나……. 안이 기쁜 듯이 움직이고 있어……."

"응, 으응……, 유타로도, 평소보다, 커……, 하아, 흐아아."

환경이 다르기 때문일까? 유타로는 평소와 다르게 타올랐고, 마나부 또한 같은 상태였다.

유타로는 마나부를 찔러 대면서, 마나부가 아름답다고 한 하늘을 열에 흐릿해진 눈으로 바라보았다.

'아아……, 확실히 아름답구나, 마나부……. 너와 단둘이서 보는 경치는 틀림없이 혼자서 보는 것보다 몇 배는 빛나게 보일 거야…….'

유타로는 마나부의 가는 허리를 잡고 동그란 엉덩이를 쓰다듬으면서 그 몸을 실컷 맛보았다. 역시 물 안에서 끝없이 몸을 섞고 있자 어찔어찔하면서 현기증이 강해지는 듯했다. 유타로가 두 번째 사정을 끝냈을 땐 마나부도 녹초가 되어버리는 바람에, 유타로는 황급히 그의 몸을 물에서 끌어 올려 젖은 피부를 닦고 유카타를 입힌 다음, 차가운 물을 마시게 했다.

그러던 사이에 하녀가 저녁상을 가지고 왔다. 구운 오리고기와 쇠고기가 들어간 냄비 요리, 토란과 무 같은 채소와 굵게 친 수타면에 국물을 듬뿍 넣고 푹 끓인 향토 음식과 된장 양념을 발라 꼬치에 꽂아 구운 만두 등, 소박한 지역 명물도 나왔다.

유타로는 정력적으로 모든 음식을 깨끗이 먹은 후, 맛있게 술을 마시고 있었다. 마나부도 열심히 젓가락을 움직이긴 했지만, 역시 그 마른 몸으로는 다 먹을 수 없었다.

"마나부. 너도 술을 마셔봐."

"난 금방 취해버려."

"뭐야, 그래도 상관없어. 술은 취하려고 마시는 거야."

"그럼 조금만…."

유타로는 반강제로 잔을 쥐게 하더니, 그 잔에 술을 출렁출렁하게 따랐다. 마나부는 조금씩 핥듯이 마셨지만, 아까 물에 몸을 너무 오래 담그기도 해서 그런지 금세 얼굴이 빨개지더니, 눈이 풀리며 졸린 듯이 아래로 처졌다.

마나부가 당장에라도 잠들어버릴 것 같아서, 유타로는 하녀를 불러 상을 치우고 이불을 깔게 했다.

이미 꾸벅꾸벅 졸고 있는 마나부를 이불에 눕히자, 마나부는 미안하다는 듯이 무거운 눈꺼풀을 떴다.

"미안해, 유타로……. 왠지 너무 졸려서……."

"신경 쓰지 마. 술을 먹인 건 나잖아."

"너와 더 여러 이야기를 하고 싶었는데……."

"긴 여행으로 피로가 쌓이기도 했을 거야. 아까도 무리한 짓을 했으니까……. 일단 천천히 쉬어."

그렇게 말하자, 마나부는 안심한 듯이 금방 색색 숨소리를 내면서 자기 시작했다.

유타로는 남은 술을 가지고 창가에 놓인 등나무 의자에 앉아 밤하늘을 바라보면서 혼자서 잔을 기울였다. 이미 온통 검게 칠해진 하늘에 수많은 별이 쏟아지듯이 깜빡이고 있었다.

잠이 든 마나부의 기척을 느끼면서 밤하늘을 안주로 삼아 천천히 마시는 술의 맛은 부드러웠다.

'너를 지키기 위해서는……, 그 저택의 구조를 더 바꿔야 해…….'

이미 계획도는 유타로의 머릿속에 거의 완성된 상태였다.

'그곳에 나와 너의 낙원을 만드는 거야, 마나부……. 우리 두 사

람이 아무 스스럼 없이 사랑을 나눌 수 있는 곳을…….'

저택 개조에 관한 유타로의 생각을 강고하게 만든 것은 뭐니 뭐니 해도 마나부의 모친 카즈코의 출현이 컸다. 한때는 마나부를 데리고 가버리지 않을까 하는 불안이 미친 듯이 날뛰는 나머지, 마나부의 여동생 유카를 농락해서라도 마나부를 붙잡아 두려고 했다.

마나부가 아무리 자신은 이곳에 있을 거라고 해도 유타로의 불온한 감정은 사라지지 않았다. 마나부를 믿지 못해서가 아니다. 유타로는 그저 조금이라도 불안한 요소가 있다면 그것을 완전히 때려잡을 때까지 안심할 수 없는 것이다.

하지만 마나부도 역시 같은 마음일 것이다. 유타로가 아무리 마나부를 좋아하고 사랑한다고 반복해서 말해도, 마나부는 그 말을 완전히 받아들이지 않았다. 항상 "왜 나 같은 걸.","너에게 더 어울리는 사람이 있을 텐데"라면서 자신을 비하하는 마음이 사라지지 않았다.

서로를 믿고 있음에도 불구하고 의심이 남고 마는 이유는 쓸데없는 것이 시야에 들어오는 탓이다. 자신들에게 그런 건 필요 없다. 둘만의 낙원이 있으면 된다. 서로밖에 보지 못하는 감옥 같은 성이 있으면 그걸로…….

유타로는 술잔을 비우고 방의 불을 끄더니, 마나부의 옆 이불에 누웠다. 잠이 든 마나부의 천진난만한 얼굴을 보기만 해도 불끈불끈 끓어올랐지만, 피곤한 사람을 덮칠 만큼 이성이 녹아내리진 않았다.

내일은 천천히 온천 지역라도 돌아보면서, 날씨가 좋으면 쿠사츠

시라네산 기슭의 들판까지 펼쳐진 단풍을 즐겨도 괜찮을 것이다. 아니면 방에서 이대로 단둘이서 느긋하게 지내도 괜찮을 것이다.

그런 생각을 하면서 꾸벅꾸벅 졸고 있자, 문득 발밑에 위화감을 느꼈다. 차가운 손이 다리를 타고 가랑이 사이까지 기어 올라오더니, 유카타를 옆으로 걷어 냈다.

그리고 자신의 남근이 따뜻하게 젖은 감촉에 감싸였음을 느낀 유타로는 숨을 크게 토해냈다.

"왜 그래?"

다정하게 속삭였지만 답은 없었다. 잠깐 사이에 팽창한 남근을 소리를 내며 정신없이 빨고 있었다.

유타로는 이불을 걷어 다리 사이에 웅크린 마나부를 보았다. 그 열병에 들뜬 듯한 눈빛을 본 유타로는 곧바로 마나부에게 무슨 일이 일어났는지 헤아렸다.

"외로웠어?"

아무리 말을 걸어도 마나부는 유타로의 음경을 빠는 행위를 멈추지 않았다. 입에 한가득 물고 목구멍까지 삼켜선, 점막으로 귀두를 꽈악 쥐어짰다.

그 능숙하고 음란한 입의 움직임에, 유타로는 넓은 가슴을 떨며 절정에 달했다.

마나부는 그가 내보낸 정액을 전부 입으로 받아 내더니, 주저하지 않고 삼켰다.

유타로의 그것은 사정을 해도 여전히 늠름하게 우뚝 솟아 있었다. 마나부는 거친 숨을 몰아쉬고는, 가슴을 헐떡이면서 허리를 꾸물꾸물 꿈틀거렸다.

"이리 와……."

유타로가 손을 내밀자, 마나부는 느릿느릿 그 손을 잡고는 유타로의 위에 걸터앉아 우뚝 솟은 남근 위에 천천히 허리를 떨어뜨렸다. 약간의 저항 후에 잘 여문 살의 고리가 단단한 그것을 쉽게 삼키자, 마나부는 어린아이가 흐느껴 우는 것처럼 소리를 내면서 앞을 끈적하게 적셨다.

유타로는 어린 그의 이름을 불렀다. 그러자 몸을 떨면서 유타로의 위에 쓰러져버린 뜨거운 몸은 어리광을 부리듯 그의 가슴팍에 뺨을 비벼 댔다. 응, 응, 작게 소리를 내면서 쾌감을 느끼는 대로 허리를 흔드는 사랑스러운 모습에, 유타로의 남근은 한층 단단해지며 혈관을 부풀렸다.

── 난 그 아이의 얼굴이 계속 마음에 걸렸어. 그런 건 처음 봐. 넌 젊어질 수 없는 성가신 인간일지도 모른다고.

아오이케의 말이 문득 유타로의 귀에 되살아났다.

성가신 인간 ── 유타로 이외의 사람에게는 아마 그럴 것이다. 하지만 꺼려야만 하는 그 부분이야말로 유타로가 마나부를 사랑하는 이유였으며, 자신의 일부라고 여길 만큼 집착을 느끼는 점이기도 했다.

'아오이케, 너는 이해하지 못할 거야……. 아무도 이해하지 못할 거야……. 이건 나와 마나부만의…….'

둘이서만 공유하는 이 달콤한 비밀은 유타로가 인생에서 얻은 가장 큰 보물이었다.

아무한테도 보여주지 않을 것이다. 빼앗지 못하게 할 것이다. 방해하지 못하게 할 것이다.

마나부의 눈빛이 어지럽게 변했고, 그 만화경 같은 표정은 금세 유타로의 마음을 붙들어 묶었다. 남들은 광기라고 부를 것이다. 병이라고 단정할 것이다. 그러나 남과 다른 것이 왜 병일까? 상처받은 부분을 보완하기 위한 변화를 왜 그렇게 일컬을까? 사람들은 타오르듯 붉어진 산을 아름답다고 말하지 않는가. 꽃잎과 나뭇잎이 지는 모습에 감명을 받지 않는가. 그렇다면 자신이 마나부 같은 존재를 측은하게 여기고 사랑하는 건 왜 안 되는 일인가?

유타로는 타인에게 답을 요구하진 않는다. 자신의 마음속에 있는 선(善)이 정의이자 법률이기 때문에. 누구든 불평하지 못하게 할 것이다. 장해물은 제거할 것이다 —— 지금까지 그래 왔던 것처럼.

품 안에서 너무나도 사랑스러운 연인을 껴안은 유타로의 가슴에 어두컴컴한 결의가 싹텄다.

그저 둘이서 다정하게 잠드는 낙원의 미래도만을 마음에 그렸다.

아오이의 편지

어머님, 건강하세요? 저는 변함없이 지내고 있답니다. 배도 겨우 부풀었고, 다들 아이가 태어나길 고대하고 있습니다. 유카리도 언니가 되니 더더욱 똑 부러지게 교육을 해야겠어요. 제 책임이 중대합니다. 건강한 아이를 낳을 수 있도록 요새 유행하는 감기 같은 것에 걸리지 않게 조심해야겠어요.

그런데 이제 곧 아버님의 3주기네요. 정말 시간이 빨리 가는 군요.

아버님 이야기를 하려니, 정말이지, 저는 지금도 떠올린답니다. 오라버니의 그 이상한 행동을 말이죠.

오라버니는 당주가 되자마자 본성을 드러내더니, 본인 마음대로 저택을 바꿔 버렸잖아요. 방을 넓히고, 마치 왕이 잘 법한 호화롭고 큰 침대를 들이더니, 욕실까지 구조를 바꿔버리고. 고용인을 줄였다면서 요리사만은 이름 있는 사람을 데리고 와서는, 매일 밤 호사로운 요리를 넘칠 만큼 만들게 했잖아요. 종종 하코네 저택에서 친한 분들을 초대해서 열던 연회도 그만두더니, 일로 무슨 일이 있을 땐 고향에서 야회를 열고 —— 마치 하코네에 있는 그 연기 나는 저택은 오라버니와 그 남자의 사랑의 소굴처럼 되고 말았죠.

어머, 어머님도 이미 알고 계셨죠? 그 남자라고 써도 아시겠죠? 저는 이름을 쓰기도 싫으니, 이걸로 참아주세요. 아버님이 돌아가시고 나서 오라버니가 가장 먼저 하신 일은, 그 남자를 양자로 삼아 아카이 가문에 들여버린 일이니까요.

저희는 무척 반대했죠. 하지만 오라버니는 들으려 하지 않으셨어요. 후계자를 위해 사촌인 마사후미네 차남을 양자로 들여서 훌륭하게 키우겠다는 둥 말씀하셨죠. 실제로 그 말대로 하셨잖아요. 키우겠다고 하면서 고향 본가 쪽에서 어머님과 가정교사에게 보살피게 하고는, 본인은 하코네에서 그 남자와 지내고 있다니. 그렇게까지 사람이 변하는 건가 싶어서 저는 정말로 무서웠답니다.

저는 이렇게 될 줄 어렴풋이 알고 있었기 때문에 줄곧 그 남자가 싫었습니다. 고용인 주제에 줄곧 오라버니에게 들러붙어 다녔잖아요. 어릴 때부터 오라버니의 방에서 단둘이 틀어박혀 일도 하나 제대로 하지 않는다고 생각했답니다. 오라버니로 말할 것 같으면, 방에 그 남자밖에 들이지 않았잖아요? 아무리 다른 친한 친구분이 오서도, 본인 방에 들이는 건 그 남자뿐.

하지만 어느 날, 저는 기분 나쁜 사실을 알아차렸어요.

오라버니의 방에는 그 남자 말고 어린아이와 여자가 있었습니다. 제가 목소리를 들었어요. 몰래 엿들은 것이 아니에요. 우연히 듣고 말았답니다. 오라버니의 방문이 아주 살짝 열려 있어서, 평소에는 들리지 않는 방 안의 목소리가 복도에서 들려온 거죠.

아이의 이름은 타로. 훌쩍훌쩍 울기만 할 뿐, 입을 꾹 다물고 거의 말을 하지 않았어요. 말을 하나 싶더니, 엄청나게 혀 짧은 소리였다고 할까, 아무튼 말을 잘 하지 못했답니다.

여자는 키쿠코라는 이름인데, 뭔가 자신의 고민과 불평만을 오라버니에게 호소하고 있는 것 같았어요. 항상 음울한 목소리에 끈덕지게 오라버니에게 아양을 떨며 기대는 듯한 이상한 말투였어요.

저는 깜짝 놀랐답니다. 오라버니는 그렇게나 그 고용인에게 정신이 팔렸었잖아요? 그 남자 말고는 방에도 들이지 않았잖아요?

그런데 다른 아이와 여자를 데리고 오다니, 놀라고 말았죠. 동시에 조금 통쾌한 기분도 들었답니다.

그 꾀죄죄한 남자는 항상 오라버니를 독점하며 당연한 것처럼 잘난 체하고 있었으니까요. 그런데 오라버니가 뒤에서는 바람을 피우고 있을지도 모른다 —— 그렇게 생각하니 재미있어져서 꼭 그 여자와 아이의 얼굴을 봐 두고 싶어졌습니다.

그래서 저는 몰래 오라버니 방에 들어가 발코니로 나와 숨을 죽인 채 엿보고 있었답니다. 그땐 따뜻한 봄이었으니, 밖에 몸을 숨기고 있어도 문제없었어요. 네, 알고 있어요. 정말로 경망스러운 행동이었죠. 저도 그렇게 생각해요.

이런 일을 고백해버리니 무척 창피합니다. 제가 왜 이럴까요? 분명 이제 곧 아버님의 3주기라서 왠지 모르게 이제 말해도 좋을 것 같은 기분이 들어버린 거예요. 어쨌든 저는 무슨 일이 있어도 그 사람들의 얼굴을 보고 싶은 욕망을 참을 수가 없었답니다.

하지만 어머님. 아니었어요. 전혀 아니었어요. 뭐가 아니냐면, 여자도 아이도 오라버니의 방에는 없었어요.

다 그 남자가 연기하고 있었답니다.

아이일 때는 아이 같은 동작으로 아이처럼 우는 얼굴로 훌쩍이고 있었어요. 여자일 때는 흉내까지 내면서 아양을 떨며 여자처럼 떠들고 있었어요.

저는 처음에는 놀라서 어안이 벙벙해지고 말았습니다. 하지만 가만히 보고 있자니 왠지 기분이 나빠져서 —— 정말로 아이 같았거든요. 여자 같았거든요. 표정부터, 몸짓부터, 말투부터 모든 것이 다 평소의 그 남자와는 전혀 달랐어요. 진짜 여자와 어린아이 같았답니다.

머지않아 저에게는 정말로 그 남자가 '타로'와 '키쿠코'라는 다른 인간으로밖에 보이지 않게 되었습니다. 오라버니도 아무런 위화감도 없이 고개를 끄덕이며 이야기를 들어주거나, 그저 위로해주거나, 끝내는 입에 담기도 꺼려지는 행동까지 하셨답니다.

저는 그 남자가 여자와 아이를 연기하는 게 아니라 정말로 그런 인간들이 그 남자 안에 살고 있는 게 아닐까, 그런 생각이 듭니다.

생각해보면 그 남자는 그런 식으로 먼저 울거나 불평을 입에 담는 행동을 오라버니에게 한 적이 없어요. 어렸을 적부터 알던 사이지만, 그 남자는 항상 어쩐지 무슨 생각을 하고 있는지 알 수 없는 둔한 표정을 지을 때가 있었어요. 마음이 없는 게 아닐까 싶을 정도로.

그래서 그 남자가 그런 감정을 드러내고 싶을 때, 그 타로와 키쿠코가 나온 게 아닐까. 그리고 그 사람들은 오라버니의 앞에만 출현하는 게 아닐까 그런 생각이 들어요.

이상하다고 생각하시죠? 저도 쓰면서 이상해져 버릴 것 같답니다. 미쳐버릴 것 같아요.

하지만 그런 짓을 하는 그 남자가 이상한 거죠. 그리고 그를 받아들인 오라버니 또한 더더욱 이상해요.

아아, 생각하기만 해도 머리가 어질어질해요. 이제 오라버니와 그 남자에 대해 쓰는 건 그만둘게요. 이런 일은 생각하기만 해도 저까지 이상해져 버릴 것 같으니까요.

사정이 그러하니, 오라버니와 그 남자는 이제 내버려 두도록 하죠. 적어도 저는 아무리 해도 그 두 사람 사이에는 끼어들 수도 없을 것 같아요.

누구든 그런 이상하고, 악몽 같은 데다, 우습고, 기괴하고, 기묘하고, 어딘가 구슬픈, 서커스나 가설흥행장 같은 세계로는 가고 싶지 않을 거예요.

아무튼 오라버니도 그 남자도 몹시 행복해 보였기 때문에 그걸로 충분해요.

맞다, 제 생각에는 오라버니가 그 남자에게 정신을 팔리게 된 건 오라버니가 양자인 사실과 관계가 있는 것 같아요.

오라버니는 어머님께서 오랫동안 아이를 보지 못하셔서 먼 친척 집에서 데리고 온 아이잖아요? 그것도 학자 일가이지만 평민 집안의 아이. 그 후에 간신히 태어난 제가 여자였던 건 오라버니에게 있어서는 행운이었죠. 양자를 들인 후에 친자식이 생긴 일로 인해 벌어진 집안의 내분은 너무 많아서 셀 수가 없잖아요.

오라버니가 양자인 사실을 오라버니 본인도 어렸을 때부터 알고 계셨어요. 피가 이어진 사람이 아무도 없는 가족 안에서 오라버니는 무척이나 불안하셨을 거예요. 자신의 출신이 싫어서 주눅이 들어 있으셨을 거예요.

남들은 곧잘 오라버니가 태생이 왕이라는 둥, 타고난 화족이라고들 하지만, 그건 오라버니가 그렇게 연기했기 때문이에요. 진짜 오라버니는 분명 그런 분이 아니에요. 타고난 화족처럼 보이기 위해, 왕처럼 보이기 위해 —— 엄청난 노력으로 태양 같은 미소를 가지게 됐고, 누구에게나 사랑받고 대접받는 그 가면을 만들어 내신 거예요.

그런 오라버니가 그 남자에게 진심으로 홀려서 얼이 빠지게 된 것도 무리는 아닐지도 모르겠어요. 여하튼 그 남자는 그렇게나 다른 가면을 몇 개나 가지고 있었는 걸요. 가족과 있어도 고독한 오라버니 자신과, 모친은 도망가고 아버지에게 학대당하는 그 남자의 처지를 겹쳐 보고 만 것일지도 몰라요. 이 남자도 가면을 쓰지 않으면 살아갈 수 없었을 거라며 분명히 자신의 분신처럼 여기시고 만 것이 아닐까요?

아아, 또 재미없는 상상을 해버렸네요. 오라버니에 대한 이야기는 그만 쓰겠다고 해 놓고는 말이죠.

하지만 저는 저의 이 상상도 분명 틀리지는 않는다고 생각해요. 저는 오라버니를 정말 좋아해서 누구보다도 오라버니를 지켜보고 있었다고 자신하니까요. 오라버니를 보고 있었다는 건, 항상 곁에 있던 그 남자도 보고 있었다는 뜻이잖아요. 저는 정말 질투가 나서 이상해져 버릴 뻔할 때도 있었지만, 떨어지고 나니 그 두 사람만큼 어울리는 사람들도 없는 것 같아요.

지금도 오라버니는 안개에 에워싸인 그 저택에서 그 남자와 그 아이와 그 여자……, 그 외에도 제가 모르는 사람들과 즐겁게 지내고 있을 거랍니다.

무척이나 기묘하지만, 그것도 낙원이라 할 수 있지 않을까요?

후기

안녕하세요. 마루키 분게입니다.

이번 이야기는 BL에서는 오랜만에 쓰는 다이쇼 시대입니다. 제가 시대물을 쓸 때는 대체로 주요 인물에는 모델을 두는데요, 이번 아카이 가문에도 그런 사람이 있습니다. 근대의 벼락부자 이야기는 현대에서는 생각하지 못할 엄청난 스케일이라서 정말 재미있어요. 제2차 세계 대전 후 국민의 대부분이 중산층이라 불리던 일본도 모습이 변해 가고는 있습니다만, 그 시대만큼 엄청난 벼락부자가 등장한 적은 좀처럼 없던 것 같습니다.

그러고 보니 이건 '저택물'이었지? 라고 나중에 깨달았지만, 제가 쓰는 이야기는 대체로 어딘가에 틀어박힌 채 폐쇄적인 관계성을 구축하는 사람들뿐이라 결국 평소 느낌이 된 것 같습니다. 그중에서도 이번에는 특히 주인공 마나부가 일하는 곳에서 거의 나가지 않는 아이였던 데다, 최종적으로는 유타로가 저택을 이래저래 손보고 마는 탓에 은둔형 외톨이 기질이 더욱더 연마됐어요. 그래도 매일 맛있는 식사를 하고, 취미에도 몰두할 수 있는 데다 운동(?)도 거르지 않기 때문에 제법 건강한 낙원입니다. 이제 그들이 늘어날 일도 없겠죠.

조금 복잡한 미스터리 풍 이야기였는데요, 어떠셨나요? 후기부터 읽으시는 독자분도 계신 것 같기 때문에 스포는 쓰지 않겠습니다만, 마지막 부분에서 시원하게 납득해 주신다면 좋겠습니다.

마지막으로 이 책을 읽어주신 여러분, 항상 정말로 아름답고 섬세한 데다 저 같은 사람에게는 과분한 삽화를 그려주신 카사이 아유미 님, 열심히 일해주신 편집부 M님, 정말 감사드립니다.

또 어딘가에서 뵐 수 있기를 바랍니다.

안개의 낙원

초판 1쇄 인쇄 / 2020년 1월 3일
초판 1쇄 발행 / 2020년 1월 13일

지은이 / Bunge Maruki
일러스트 / Ayumi Kasai
옮긴이 / 심이슬
펴낸이 / 오영배
편집진행 / 조혜영, 김은경, 오정인
책임편집 / 삼양코믹스 일본만화 편집부
디자인 / 전미선
펴낸 곳 / (주)삼양출판사

주소 / 서울 강북구 도봉로 173 캠프 6층
편집부 전화 / (02) 980-2140
영업부 전화 / (02) 980-2112
FAX / (02) 983-0660
등록번호 / 제 9-46호
등록일자 / 1999년 3월 11일

KIRI NO RAKUEN

Illustration by Ayumi Kasai
First published in Japan in 2015 by KADOKAWA CORPORATION, Tokyo.
Korean translation rights arranged with KADOKAWA CORPORATION, Tokyo.

ISBN 979-11-283-9790-5 03830

CN은 (주)삼양출판사의 BL번역소설 레이블입니다.